AF459116

8° Yth
9455

JEANNE GRAY,

TRAGÉDIE.

JEANNE GRAY,

TRAGÉDIE;

PAR M. DE LA PLACE.

Lue & reçue à la Comédie Françaiſe, le 1er Mars 1777.

Sed fruſtra leges & inania jura tuendi;
Scire mori, ſors optima.

Le prix eſt de 30 ſols.

A PARIS,

Chez BARROIS l'aîné, Libraire, Quai des Auguſtins.

M. DCC. LXXXI.

AVERTISSEMENT DE L'ÉDITEUR.

LA Tragédie de *Jeanne d'Angleterre*, qui suivit de près celle de *Venise Sauvée*, en paraissant sous les mêmes auspices, ne pouvait manquer d'éprouver les mêmes contradictions & les sourdes menées d'usage, pour croiser un second succès qu'on croyait avoir intérêt de prévenir.

M. D. L. P. n'a pourtant pas rougi d'avouer que d'après les conseils, peut-être insidieux, de quelques personnes auxquelles il croyait devoir beaucoup, il avait eu la complaisance d'adoucir, pour ne pas dire affaiblir, plusieurs Scènes de la Pièce, & sur-tout celle du Dénouement, dont l'effet leur semblait trop *déchirant*. (*)

Qu'ayant senti, à la Représentation, que le Public avait pu s'attendre à des situations, ainsi qu'à des Effets plus capables de l'émouvoir, de la part de l'Auteur de *Venise Sauvée*, il s'était fait justice à lui-même en retirant sa Pièce, quoique reçue avec indulgence ; & qu'il l'oublia pendant plusieurs années au point, que le manuscrit même, lorsqu'il voulut le revoir, ne se retrouva ni dans ses papiers, ni dans le dépôt de la Comédie, ni même dans celui de la Police. (**)

Ce n'est donc point la *Jeanne d'Angleterre*, jouée

(*) C'est le terme dont s'est servi certain *Aristarque* vanté, en ajoutant : *qu'on ne sévrait point une Nation telle que la Française, avec de la moutarde & du vinaigre.*

(**) Ces trois faits sont assez extraordinaires, mais ne peuvent être démentis. On pourrait ajouter (mais la chose est moins étonnante) qu'à la réserve d'un seul rôle, l'Auteur ne put jamais ravoir les autres.

en 1748, que l'Auteur soumet de nouveau au jugement du Public; mais le même sujet d'après un plan presque absolument neuf, & tel qu'il a été lu & agréé à la Comédie Française, le 1er Mars 1777.

« Pourquoi donc, en ce cas, faire imprimer, par « anticipation, cette Tragédie? Pourquoi n'avoir pas « attendu le moment où elle pût être jouée à tour?

L'Auteur croit ne pouvoir mieux satisfaire à ces deux questions, que par la réponse qu'il s'est vu forcé de faire à une Lettre que lui écrivit la Comédie Française, le 3 Mars de cette année:

MM.

« Sans la notoriété des procédés de la Comédie à « mon égard, & qui depuis trente ans passés ne se « sont pas démentis, je pourrais peut-être me prêter « à l'invitation que vous me faites de prendre jour pour « une nouvelle lecture de ma Tragédie de *Jeanne* « *Gray*, reçue chez vous depuis quatre ans. L'expé- « rience du Théâtre que j'ai tâché d'acquérir depuis « quarante années d'application assidue, jointe aux « anciens succès connus de mes deux Tragédies de « *Venise Sauvée* & d'*Adèle de Ponthieu* (*), auraient

(*) Cette Tragédie reçue par les Comédiens avec acclamation, & qu'ils avoient promis de mettre immédiatement après au Théâtre, n'y eut peut-être jamais paru, sans un ordre supérieur qui les força de la jouer en 1757, c'est-à-dire, environ dix-huit mois après sa réception. Mais malgré sa réussite, égale à celle de *Venise Sauvée*, les motifs de sa Réprobation étant encore plus que les mêmes, elle n'a plus reparu au Théâtre. L'historique des contre-temps qu'a éprouvés cette Tragédie, ainsi que des vexations singulieres qu'a essuyées son Auteur, est vraiment intéressant, & paroîtra bientôt dans la Préface de la Piéce, si tant est que l'on puisse le déterminer à la faire réimprimer.

« pu me faire espérer quelque faveur pour celle dont il « s'agit maintenant auprès de juges aussi intégres qu'é- « clairés.

« Mais après les obstacles de tout genre qu'ont ren- « contrés chez vous dans tous les temps la reprise ou « la remise de ces deux Piéces ; lequel de vous, « MESSIEURS, pourrait avec quelque sincérité, me « conseiller d'affronter les dangers de la nouvelle lec- « ture que vous me proposez aujourd'hui ? Si, confor- « mément à vos promesses, tant de fois réitérées, « vous eussiez enfin repris cette *Venise Sauvée*, qu'on « joue par-tout, excepté à Paris : promesses dont l'effet « semblait enfin confirmé, il y a six mois, par la copie « & la distribution faite des rôles : si même, en m'é- « crivant au sujet de cette nouvelle lecture de ma nou- « velle Tragédie, vous m'eussiez flatté de remettre « l'ancienne à la rentrée du Théâtre ; j'aurais peut- « être encore été assez Auteur, c'est-à-dire, assez « faible, pour vous promettre qu'au moment de cette « remise, je pourrais prendre jour avec vous pour me « conformer à l'Arrêt du 9 Décembre dernier.

« Mais, d'après ces dégoûts multipliés, & ces obser- « vations que vous ne pouvez vous dispenser de trouver « raisonnables ; j'ose espérer, MESSIEURS, que vous « voudrez bien, sans m'exposer aux risques d'un nou- « vel affront (qu'un autre pourrait regarder comme « prémédité,) que je prenne enfin congé de la Comé- « die, en vous assurant que j'ai l'honneur d'être, en « bon & franc Picard, c'est-à-dire, un peu moins que « je ne voudrais, &c. &c.

Votre, &c.

A Paris, le 5 Mars 1781.

N. B. On demande au Public, si le silence des Comédiens sur cette Lettre, laissait à l'Auteur d'autre parti à prendre que celui de l'impression ?

PERSONNAGES.

JEANNE GRAY, niéce d'Henry VIII, Roi d'Angleterre.

LE DUC DE NORTHUMBERLAND, beau-pere de Jeanne.

LE COMTE DE GUILFORD, fils du Duc.

LE COMTE DE PEMBROC.

MYLORD DERBY, fils de Pembroc.

SOLDATS ET GARDES.

La Scene est dans la Tour de Londres.

JEANNE GRAY, *TRAGÉDIE.*

ACTE PREMIER.

SCENE I.

JEANNE, GUILFORD, SUITE.

Au lever de la toile, le devant du Théâtre est presque dans l'obscurité. Dans l'intérieur, qui est éclairé par des Gardes tenant des flambeaux; on découvre la Salle & le Trône destinés pour l'inauguration des Rois d'Angleterre. Jeanne & Guilford s'avancent; l'intérieur se referme. Guilford, alors, fait signe aux Gardes, & aux Femmes qui ont suivi Jeanne, de se tenir dans l'éloignement.

JEANNE, (*d'un air inquiet.*)

Où veut-on me conduire?... Et pourquoi votre pere
Vient-il de nous quitter?... Quel est donc ce mystere?
Rassurez-moi, Guilford!... Vous savez son dessein:
Menace-t-on ses jours?... Où sommes-nous, enfin?

GUILFORD.

Madame, dans ces lieux désormais Souveraine,
Ordonnez comme Amante, & commandez en Reine:
Cet antique berceau du pouvoir de nos Rois,
Cette Tour (redoutable à qui brave les loix!)
Au moment qu'Edouard, en son printemps expire,
Voit renaître en ses murs un plus heureux Empire.

JEANNE, (*avec saisissement.*)

Quoi, Seigneur!... Edouard?... Quoi! le ciel en courroux
Eût permis?...

GUILFORD.

Il est mort.... & son trône est à vous.

JEANNE.

A moi, Seigneur!...

GUILFORD.

Telle est sa volonté suprême.
Ce Monarque, en vos mains, remet son diadême:
Le sang, son amitié, vos vertus & son choix,
Dans tous les cœurs Anglais vont consacrer vos droits.
Mais Londre ignore encor le destin de son maître;
Et mon pere aujourd'hui ne le fera connaître,
Qu'au moment où les Pairs, ici même invités,
Du Monarque expirant sauront les volontés.

JEANNE.

Eh quoi! Northumberland! Quoi! l'époux de ma mere,
Lui, qui m'aima toujours, (qui me tint lieu de pere!)
Qui disposait pour vous de ma main, de mon cœur!
De ma perte aujourd'hui veut donc être l'auteur?...

Et vous, dont les vertus avaient séduit mon ame;
Vous, son fils; vous, l'objet de la plus tendre flamme;
Vous, Guilford (que mon cœur avait cru généreux)
C'est vous qui me plongez dans ce péril affreux?...
Est-ce en moi qu'Edouard voit finir sa famille?
Quoi! la niece, en ces lieux, exclut-elle la fille?...
Et celles de Henry?...

GUILFORD.

Si l'Etat, consulté,
De l'hymen de leur pere a rompu le traité.
Si lorsque Edouard même, achevant sa carriere,
A de son sceptre en vous reconnu l'héritiere:
Connaissez-vous des droits plus sacrés, plus certains?...
Mais je dis plus encor.... dussent-ils être vains?
Né libre, & sous les loix ne croyant pas moins l'être,
Ce n'est que pour l'Etat que l'Anglais veut un maître.
Que la naissance ailleurs fasse parler ses droits:
Ici, la liberté, les vertus, sont les Rois.

JEANNE.

La liberté, Mylord!... Eh! peut-elle être un titre;
Si de son sentiment tout mortel est arbitre?...
Et par quelles vertus emportai-je leur choix
Sur celles qu'à ce rang le sang donna des droits?...
Et, sur-tout, jeune encore, & sans expérience?

GUILFORD.

L'amour du bien la donne, autant que la prudence.
Et si de vos Sujets vous voulez le bonheur:
Tous vos vœux sont remplis.... il est dans votre cœur.

JEANNE.

Si j'aimais moins Guilford, ce trône, qui le flatte
Aux offres de l'Etat me verrait moins ingrate....
Mais peut-il me flatter, quand je crains tout pour lui?

GUILFORD (*vivement.*)

Si vous le refusez.... Guilford est sans appui!

JEANNE.

Sans appui?...

GUILFORD.

Oui!... Guilford, & son malheureux pere;
Victimes d'une Reine à leur culte contraire,
Immolant tout au sien, pour le mieux affermir,
Eprouveront bientôt....

JEANNE (*avec effroi.*)

Vous me faites frémir!...

GUILFORD (*avec fermeté.*)

Remplissez donc ce Trône où le Ciel vous destine:
De l'Etat menacé prévenez la ruine.
De Lancastre & d'York les regnes malheureux,
N'offrent à l'univers que des tableaux affreux:
On lit, en frémissant, dans leurs fastes funebres,
Ces noms que nos malheurs ont rendus trop célebres!
Et la triste Angleterre, en essuyant ses pleurs,
Craint de revoir ces jours de carnage & d'horreurs!...
Quoi! dédaignant un bien que le destin vous livre,
Sera-ce vous, grand Dieu! qui les ferez revivre?
Ah! Madame, songez que cet instant perdu,
Peut ranimer l'espoir de Pembroc confondu:

Que ce superbe Lord, (dont mon cœur se défie !)
S'il n'est point prévenu, peut se joindre à Marie ?...
Que toujours, de mon pere implacable rival,
Voilant de ses projets le mystere fatal,
Toujours douteux ami, dangereux adversaire,
Hardi dans le Conseil, au combat téméraire,
Habile en l'art heureux qui séduit les esprits,
Pembroc peut tout oser pour élever son fils ?...
Et si j'ose ajouter tout ce que craint ma flamme;
Derby, Derby vous aime !... Et vous savez, Madame,
Ce qu'on peut redouter d'un pere ambitieux,
Quand la grandeur d'un fils réunit tous ses vœux !

JEANNE.

Je le sens !... Mais d'où vient que notre ardeur sincere,
Pour le fils de Pembroc est encore un mystere ?...
Pourquoi Northumberland, en approuvant mon choix,
Prescrit-il à nos feux de si séveres loix ?...
Je vous l'ai dit, Guilford ! ce funeste silence,
Du fier Derby, sans doute, a nourri la constance:
Dans un espoir flatteur trop long-temps affermi,
Pourquoi l'est-il encore ?... Il était votre Ami ?

GUILFORD.

Hélas ! il l'est toujours... Mais mon pere, Madame,
N'attachait qu'à ce prix le succès de ma flamme;
Du moins jusqu'au moment, trop lent pour mes souhaits,
Qu'il dût moins de Pembroc redouter les projets.

JEANNE.

Mais, Edouard vivant, qu'aurait-il osé ?

GUILFORD.

Feindre
D'obéir à son Roi.... Mais, dès-là, plus à craindre,
Et peut-être, du crime empruntant le secours,
Il m'eût, à chaque instant, fait trembler pour vos jours!

JEANNE.

Vous me persuadez.... sans pourtant me convaincre....
Et ce doute cruel....

GUILFORD (*vivement.*)

La gloire doit le vaincre....
(*On entend du bruit.*)
On vient.... Songez, sur-tout, qu'en ce fatal moment,
Un refus peut vous perdre, ainsi que votre Amant!

SCENE II.

JEANNE, GUILFORD, NORTHUMBERLAND, PEMBROC, DERBY. PAIRS DU ROYAUME. Deux OFFICIERS *portant sur un riche coussin le Sceptre & la Couronne.* GARDES, &c.

NORTHUMBERLAND (*à Jeanne.*)

MADAME, avec le jour qui commence à renaître,
Londre, qui perd son Roi, retrouve en vous un Maître:
Ainsi, le même instant qui fait notre malheur

Souvent dans l'avenir nous montre le bonheur !...
Nous l'attendons de vous, Madame ; & l'Angleterre,
Quand le sort à ses vœux semble être plus contraire,
Fidele à votre Sang, à ses Loix, au devoir,
Fonde sur vos destins un légitime espoir.
C'est à vous, qu'en son nom, j'apporte une Couronne,
Que la vertu vous doit, & que le cœur vous donne :
Titre heureux pour les Rois justes dans leurs projets,
Respecté par les Grands, sacré pour les Sujets !
Mais vous joignez aux droits dont l'Etat est l'arbitre,
Tous les droits dont ailleurs les Rois se font un titre :
Vous remontez, sans brigue, au rang de vos Aïeux ;
Et, sans les exiger, vous avez tous les vœux.
Madame, ainsi que moi, Pembroc vous les assure...
Que l'Espagne en frémisse, & que Rome en murmure ;
Les filles de Henry n'obtiendront rien de nous :
Londre abhorre leurs Loix & n'en veut que de vous.

JEANNE.

Sans discuter les Loix des lieux où je suis née,
Pardonnez-moi, Mylords, si mon ame étonnée
N'apperçoit aujourd'hui dans ce rang glorieux,
Qu'un éclat étranger, trop brillant pour mes yeux.
Quand née auprès du Trône, & pourtant peu sensible
Aux vains honneurs d'un rang (si rarement paisible !)
Fuyant de la Grandeur les fastueux plaisirs,
Les Lettres & les Arts occupoient mes loisirs ;
L'état où je vivais était exempt d'alarmes...
Et ce que vous m'offrez, dont vous vantez les charmes,

N'est qu'un Trône sanglant, placé sur un écueil,
Qui d'un ambitieux peut enflammer l'orgueil :
Mais qui ne prévoit pas, lorsqu'il s'y croira maître,
Qu'on est sûr d'en tomber si-tôt qu'on veut trop l'être.
Ah! dussent mes Aïeux, les *Henrys*, les *Richards*,
Ne se point retracer à mes tristes regards :
Dût mon ame aujourd'hui, par la gloire enivrée,
De leur destin cruel être moins pénétrée :
Pourrais-je être sensible aux charmes de ce rang,
A l'aspect de ces murs, teints encor de leur sang?
Ce Peuple, dont la voix me nomme Souveraine,
Peu sûr en son amour, féroce dans sa haine,
Inconstant dans son choix, dans ses vœux incertain,
Implacable ennemi du pouvoir souverain,
Qui, trop libre aujourd'hui, demain se croit esclave,
Méprise qui le flatte, abhorre qui le brave ;
Et rebelle ou soumis, ne peut se croire heureux.

NORTHUMBERLAND.

Connaissez-mieux, Madame, un Peuple généreux,
Qui, cédant au pouvoir que l'Equité tempere,
Dans un Roi Citoyen veut reconnaître un pere.
L'amour de la Patrie & de la liberté,
Au-delà du devoir l'a souvent emporté :
L'une obtient tout de lui; mais ce qu'il craint pour l'autre,
Sous la loi d'un Tyran, disparaît sous la vôtre :
(L'indulgente vertu trouve peu d'ennemis!)
Et sous un regne heureux, tous les cœurs sont soumis,
Mere de vos Sujets, Anglaise & Souveraine ;

Moins l'Anglais vous craindra, plus vous serez sa Reine;
Et pliant sous un joug, qu'il croira de son choix,
Il portera ses fers sans en sentir le poids.

PEMBROC.

Je dirai plus, Madame.... Une couronne offerte
Peut de qui la refuse un jour causer la perte.
Celui qui s'en empare, & qui doit pressentir
Que qui la refusa pourrait s'en repentir,
Ne règne qu'en tremblant; & son ame agitée,
Craint toujours qui l'offrit, & qui l'a rejettée....
Nos malheurs sont douteux, ils deviendraient certains.
Cédez, cédez, Madame! assurez nos destins:
Régnez.... & remplissant les voeux de l'Angleterre,
Enchaînez pour jamais la Discorde & la Guerre.

DERBY (*avec chaleur.*)

Oui, Princesse! en régnant, faites notre bonheur:
C'est à vos ennemis à sentir la terreur.
Asservis à des Loix, que nos bras feront craindre;
S'ils ne peuvent aimer, ils apprendront à feindre.

GUILFORD.

Oserai-je ajouter, qu'à l'appui de vos droits,
Et du Peuple & des Grands réunissant les voix;
Quand par vous renaîtra la paix dans cet Empire.
Vos rivales en vain tenteront de vous nuire...
Eh! quel cœur fut jamais rebelle à la Beauté,
Qui sur le Trône assise, y connut l'équité?

JEANNE.

Mylords.... je cede enfin au desir qui vous presse;

Et si j'ai résisté, ce n'est point par faiblesse :
Mais dans les maux qu'ici je dus envisager,
Je craignais l'injustice, & non pas le danger.
Vos conseils, votre appui, dissipent ce nuage ;
Et votre péril même ajoute à mon courage.
Digne de ma Patrie, & du Sang dont je sors,
Je régnerai sans crime, & mourrai sans remords....
Allons....

(Elle présente la main à Guilford. Tous les Pairs & les Assistants la suivent, en cortege.)

SCENE III.

PEMBROC, DERBY.

PEMBROC.

Où courez-vous, mon fils ?

DERBY.

Seigneur,.... je suis la Reine.

PEMBROC.

Demeurez.... Savez-vous où l'amour vous entraîne ?

DERBY (*avec chaleur.*)

Où tendent tous mes vœux.... au comble du bonheur....
A la gloire !

PEMBROC.

A la honte.

DERBY.

À la honte ?... Ah, Seigneur !
Quel discours !...

PEMBROC.

Ecoutez.... Un vain espoir vous flatte....
Guilford n'est qu'un perfide, & la Reine une ingrate....
On nous trahit.

DERBY.

Ah, ciel !

PEMBROC.

Ne m'avez-vous pas dit,
Lorsqu'au vœu de l'amour votre cœur se rendit,
Que pour l'aimable objet qui se soumit votre ame,
Guilford des mêmes feux avait senti la flamme ?

DERBY (*avec trouble.*)

Oui, Seigneur !

PEMBROC.

Que rivaux, mais trop amis tous deux,
Pour que l'un, en secret, sût l'autre moins heureux ;
Vous jurâtes d'aimer, & de chercher à plaire
A l'objet de vos vœux.... sans jamais vous rien taire ?

DERBY (*vivement.*)

Oui !... cet accord, par nous, cent fois fut confirmé,
Seigneur.

PEMBROC.

Eh bien.... frémis !... Ton rival est aimé.

DERBY.

Aimé !...

PEMBROC.

Depuis long-temps.... Si leur intelligence,
A de l'œil d'un Amant trompé la vigilance.....
Plus éclairé que toi, Glaston m'a tout appris.

DERBY.

Glaston, Seigneur?

PEMBROC.

Lui-même; & sois-en moins surpris...
Il doit à mon rival sa fortune & sa place:
Il commande en ces lieux, se prête à son audace,
Lui prouve en vains dehors & son zele & sa foi....
Mais ce même Glaston, en secret, est à moi.

DERBY.

Qu'entends-je!...

PEMBROC.

Quand Guilford, d'accord avec son pere,
Des succès de ses feux te voilait le mystere;
On voulait qu'Edouard, terminant son destin,
Pût, à Jeanne, du Trône applanir le chemin....
On te craignait, mon fils! on craignait ma puissance!...
Tout, jusqu'à leurs regards, observa le silence.
On dit même qu'enfin, succombant au poison,
Edouard....

DERBY.

Ciel!...

PEMBROC.

Passons sur cèt affreux soupçon....
Quoi qu'il en soit, mon fils, l'infortuné Monarque,

À peine en son printemps, victime de la Parque,
(Trop faible pour sentir les horreurs de son sort!)
N'écoutant que la voix du pere de Guilford,
Et cédant aux desirs du traître qui me brave,
Couronne ton Amante, & meurt lui-même esclave....
Qu'espérer, maintenant, d'un superbe ennemi,
Qui voit plus que jamais son pouvoir affermi?
Qui du Trône déjà méditant la conquête,
De l'hymen de son fils fait préparer la fête?
    Attendrons-nous, qu'armé des décrets souverains;
Il ait forgé les fers qu'il prépare à nos mains?
Ou que, poussant plus loin sa lâche défiance,
L'opprobre & l'échaffaud terminent sa vengeance?

DERBY.

Quoi! ce monstre à vos jours oserait attenter?

PEMBROC.

D'un ancien ennemi, tout est à redouter....
Eh! qui le fut long-temps, peut-il cesser de l'être?...

DERBY (*en sortant de son accablement.*)

Mais, Seigneur...mais son fils...Guilford n'est point un traître.
Son cœur à me tromper ne saurait consentir:
L'Amitié jusques-là ne se peut démentir.
Guilford est vertueux & respecte sa chaîne:
Glaston le vit toujours par les yeux de la haine....
Mais vous, Seigneur; mais vous! (pardonnez si mon cœur
De ce mystere affreux sonde la profondeur!)
Pourquoi donc, si ce jour en effet nous menace,
Avez-vous de Guilford autorisé l'audace?

Et qui pût vous forcer, à l'instant, à mes yeux,
D'offrir à cette Reine & nos bras & vos vœux?...
Dans le Conseil enfin qu'aviez-vous donc à craindre?

PEMBROC.

Tout.... & j'étais perdu si je n'avais su feindre.
Tout par Northumberland, en secret, préparé,
Offrait à son espoir un succès assuré:
Ma vaine résistance eût hâté ma ruine....
Mais digne du bonheur qu'un pere te destine,
Puis-je compter sur toi?

DERBY.

Parlez....

PEMBROC.

Sûr de ton cœur,
D'un odieux rival crois-moi déjà vainqueur....
Quand, dans l'ombre, marchant vers le pouvoir suprême,
Il croyait me tromper, je le trompais lui-même.
En vain à ton Amante il offre un sûr appui:
Marie a plus en moi, que sa rivale en lui....
Du trépas d'Edouard, par mes soins informée,
Tu la verras bientôt, disposant d'une armée
De héros, que mon zele a su lui ménager,
Arriver en ces lieux, régner, & nous venger.
Que dis-je! Sous ces murs, en cet instant peut-être,
Déjà ses étendards commencent à paraître:
Déjà mille guerriers, par mes soins réunis,
De mille autres encor seront bientôt suivis;
Et Londres, à l'aspect de leurs braves cohortes,

Peut-être dès ce soir, leur ouvrira ses portes...
Ce projet te surprend ?... Dissipe ton effroi :
Ce cœur qui l'a conçu, ne tremble que pour toi.
Cent ressorts inconnus m'assurent la victoire,
Si l'ame de mon fils est sensible à la gloire ;
Et si, digne du sang qui lui donna le jour,
Son pere & sa grandeur balancent son amour....
Je t'y laisse penser ; & bravant cet orage,
Je cours de nos rivaux préparer le naufrage.

SCENE IV.

DERBY (*seul.*)

Ah, Ciel !... après les maux qu'on vient de m'annoncer ;
De quels malheurs encor me peut-on menacer ?...
Faut-il que le devoir me fasse reconnaître,
Dans Jeanne une perfide ? & dans Guilford un traître ?
Ou que, foulant aux pieds un austere devoir,
D'un pere trop chéri je trahisse l'espoir ?...
Des deux côtés le choix m'épouvante, m'accable ;
Et cet instant me rend malheureux ou coupable !...
Suspendons toutefois un dangereux transport ;
L'amitié me l'ordonne : interrogeons Guilford ;
Pénétrons dans son ame.... & si quelque artifice
Le dégrade à mes yeux ?... que le lâche périsse !

Fin du premier Acte.

ACTE SECOND.

SCENE I.

GUILFORD (*seul.*)

Mon Ami me demande un secret entretien,
D'où dépendra, dit-il, son bonheur & le mien?
Et mon cœur agité, qui sent ce qui l'offense,
Pour la premiere fois, redoute sa présence....
Quoi! si lorsqu'en Derby j'ai moins craint un rival;
Ai-je dû l'accabler par un aveu fatal,
Qui joignant la douleur au feu qui le consume,
De ses soupçons jaloux eût aigri l'amertume?
Et fidele à l'ami, lâchement indiscret,
Pouvais-je aimer un pere & trahir son secret?...
Mais, en butte aux transports de son ame offensée;
Aux reproches, aux cris de l'amitié blessée,
Me souviendrai-je encor, dans ces moments affreux,
Que Derby n'est qu'à plaindre?...& que je suis heureux!...
Il s'approche....& tout peint l'ennui qui le dévore!...

SCENE II.

SCENE II.

GUILFORD, DERBY.

DERBY (*d'un air sombre, & en fixant Guilford.*)

Je t'ai cru mon ami.... Dois-je le croire encore?

GUILFORD.

Quel doute!... Est-ce Derby qui me tient ce discours?

DERBY.

Oui.... parle....

GUILFORD.

Je le suis.... je le serai toujours.

DERBY.

Prends-y garde!.. un seul mot va le faire connoître....
Epouses-tu...., la Reine?

GUILFORD.

Oui.

DERBY.

Tu n'es donc qu'un traître.

GUILFORD (*vivement.*)

Non, je suis ton ami: j'excuse ta fureur....
Je fais plus.... j'en gémis.... & je plains ton malheur.

DERBY.

Tu me plains?.. tu me plains, quand je suis ta victime!..

Et tu l'oses, cruel, en m'avouant ton crime !
Objet de ton mépris plus que de ta pitié,
Tu peux, en m'outrageant, invoquer l'amitié !...
Tu ne crains pas ?... (*en portant la main sur son épée.*)

GUILFORD.

Arrête.... & songe que l'injure
Avilit qui la fait, & flétrit qui l'endure....
Que tel paraît coupable à son juge irrité,
Qui seroit innocent, s'il étoit écouté.

DERBY.

Ta froide audace, après ce que je viens d'entendre,
Plus que ton crime encore a droit de me surprendre !
Aurais-tu conservé l'espoir de m'abuser ?

GUILFORD.

Je ne l'eus point, Derby.... Je pourrais m'excuser,
Si ton ame plus calme, à la raison rendue,
Souffrait que l'amitié fût enfin entendue....
Je te verrois bientôt en proie à tes remords !

DERBY.

L'amitié mutuelle est une ame en deux corps ;
Et chez toi, maintenant, je ne vois que la tienne ;
Que celle d'un perfide.... & qu'abjure la mienne....
Mais parle.... ose avouer par quel charme trompeur,
Tu sus toucher la Reine & surprendre son cœur ?
Par quel art (ou plutôt par quel vil artifice)
De ton crime envers moi tu la rendis complice ?...
Par quel prestige enfin (trop sûr de mon courroux)
T.. sus tromper le cœur & les yeux d'un jaloux ?

GUILFORD.

Je sens tes maux, Derby!.. je dois te satisfaire...
Nos feux étaient égaux.... si les miens ont su plaire,
Et si des tiens la Reine accueillit moins l'ardeur;
Accuses-en l'amour; ou plutôt ton malheur:
(Rarement le penchant consulte la prudence!...)
Mais, loin de m'applaudir de cette préférence,
Tout ce que m'annonçait un rival emporté,
Mêlait trop d'amertume à ma félicité.
Le plaisir d'être aimé ne calmait point ma peine:
Au comble de mes vœux je redoutois ta haine;
Et dans ses sentiments mon cœur mal affermi,
Triomphant d'un rival, regrettoit un ami!...

(*avec chaleur.*)

Mais l'amour fut vainqueur (il dut l'être) & toi-même
Me prouve que tout cede à son pouvoir suprême,
Et qu'en vain l'amitié veut combattre l'amour.

DERBY.

Oui, je l'éprouve!... Mais pourquoi, jusqu'à ce jour;
Pourquoi de ton succès m'avoir fait un mystere?

GUILFORT.

Je redoutais ta haine.... & plus encor ton pere....
Tu m'entends?... il suffit.

DERBY.

Plus sincere que toi,
Apprends ce qu'un ingrat doit attendre de moi....
Dût l'Etat, dût la Reine embrasser ta querelle,
Je t'annonce & te jure une haine mortelle.

GUILFORD.

Tu m'affliges, Derby, sans pouvoir m'irriter :
Un ami malheureux ne saurait m'insulter.
Pour toi-même, pour moi, porte ailleurs ta furie....
Un seul mot, en ces lieux peut te coûter la vie.

DERBY (*d'un ton méprisant.*)

Oui, ta complice y regne ; & ta fausse pitié
M'est un nouveau garant de ton inimitié....
Ta vanité triomphe, en me faisant connaître
Que déjà son amour en toi me montre un maître....
Abrege ce supplice, ingrat !.. & si l'honneur,
Dans ta prospérité parle encore à ton cœur ;
Hors de ces lieux, lassés du malheur qui m'opprime,
L'Amour & l'Amitié.... t'attendent pour victime.

GUILFORD.

Je ne te fuirai point.... je dis plus.... si tu crois
A ton ressentiment pouvoir donner des loix ?...
Vois la Reine.... peins-lui ton amour & tes craintes :
Va porter à ses pieds ta douleur & tes plaintes.
J'aime trop mon ami pour en être jaloux ;
Et je l'estime trop pour craindre son courroux.

DERBY.

Tu m'étonnes, Guilford !... & sans doute ton ame
S'applaudit des mépris qu'on prépare à ma flamme ?...
(*avec vivacité.*)
Mais j'aime mieux (dussé-je y trouver le trépas !)
Mourir en la voyant, qu'en ne la voyant pas....
Je te suis....

GUILFORD.

Dans ces murs un autre soin m'appelle,
Derby.... la Reine vient...., je te laisse avec elle.
(*Il sort.*)

DERBY (*à part.*)

Moment fatal!... de toi va dépendre mon sort....

SCENE III.

DERBY, JEANNE, *Suite écartée.*

JEANNE (*avec émotion.*)

Quels cris ai-je entendus?... Qu'est devenu Guilford?..,
Il étoit en ces lieux.

DERBY (*après un moment de silence.*)

Dissipez vos alarmes....
(*d'un ton pénétré de douleur.*)
Il respire, Madame.

JEANNE (*avec terreur.*)

Et vous versez des larmes?...

DERBY.

Quand vos craintes pour lui m'arrachent tout espoir,
Puis-je n'en pas verser?... Mais si l'on dut prévoir
Les jalouses fureurs, le désespoir extrême
D'un cœur tel que le mien, en perdant ce qu'il aime;

Auriez-vous présumé qu'un bien si précieux,
Pût m'être par Guilford enlevé sous mes yeux,
Sans que de mes transports, la juste violence
Contre un rival heureux eût armé ma vengeance?
Osait-on se flatter, que par vous préféré,
Ce rival pût goûter un bonheur assuré?
Que trompé par l'ami, dédaigné par l'amante,
Derby pût dévorer cette insulte sanglante?
Que mon sang, en un mot, cédât jamais au sien?...
Que peut-être?...

JEANNE.

Arrêtez.... les titres ne sont rien....
Je compte les vertus.

DERBY (*avec transport.*)

Epargnez-moi ces doutes,
Cruelle!... je vous aime; & c'est les avoir toutes,
(Ou du moins y prétendre...) Eh! qui sait vous aimer,
Peut-il songer à rien qu'à se faire estimer?
Peut-il ne pas sentir, s'il prétend à vous plaire,
A quel prix de ses feux l'amour met le salaire?...
Aime-t-on la vertu, sans être vertueux?

JEANNE.

Le Héros qu'elle inspire.... est moins impétueux,
Mylord.

DERBY (*vivement.*)

En vous perdant.... puis-je être moins sensible?

JEANNE.

Qui connaît ses devoirs, doit le trouver possible...

Ainsi songez, du moins, à calmer des transports,
Dont les suites pourraient vous coûter des remords.

DERBY.

Connaissez mieux Derby... trop malheureux pour craindre,)
Trop ardent pour douter, (trop sincere pour feindre!)
Peu capable d'aimer, de haïr à demi;
Vous voyez de Guilford l'adversaire ou l'ami....
Prononcez?

JEANNE.

Si mon rang, si les lieux où vous êtes,
Ne peuvent modérer vos fureurs indiscretes:
Si nul devoir enfin ne peut les retenir;
Songez du moins, Derby.... que je puis les punir.

DERBY (*fiérement*.)

Les punir?...

JEANNE (*avec chaleur*.)

Oui, cruel!... je le devrois peut-être,
Lorsque dans un sujet vous me montrez un maître....
Mais je ferme les yeux sur son égarement,
Et j'excuse en Derby les erreurs d'un amant.
Qu'il sache cependant, que de sa Souveraine,
Nul n'a droit de régler ou l'amour ou la haine:
Que libre de mon choix (même avant de régner)
Pour mériter mon cœur, il fallait le gagner:
Et si Guilford m'est cher, que je hais la menace
De ceux dont mes bontés ont enhardi l'audace.

DERBY.

Achevez.... achevez, Madame; & dans mon cœur

Eteignez, étouffez une odieuse ardeur....
En dédaignant Derby, bravez encore sa rage.

JEANNE (*avec fermeté.*)

Rougis de tes fureurs; rappelle ton courage;
Sois ce que tu dois être: ou fuis loin de ces lieux....
J'avais cru te toucher, en t'avouant mes feux....
J'espérois qu'un héros, à qui j'avais su plaire,
S'il avait à gémir d'un aveu trop sincere,
Pourrait le pardonner à mon estime?... Mais,
Dût ma franchise encor irriter ses regrets;
Cet art qui sait voiler une lâche faiblesse,
Ne doit jamais souiller une juste tendresse;
Et l'amour innocent ne craint pas d'éclater,
Quand l'objet en est digne & l'a su mériter....
Sois digne des regrets que ta peine me cause....
Si tu m'aimes, subis la loi que je t'impose:
Mérite ton estime au défaut de mon cœur:
Sois enfin assez grand, pour souffrir mon bonheur.

DERBY (*avec passion.*)

Oui! je pourrais tenter un si grand sacrifice:
Oui!... Mais si vous voulez que Guilford en jouisse?...
(*avec transport.*)
Non, Madame, jamais: le cœur ne cede rien;
Votre Empire, sans vous, pour moi n'est pas un bien.
Qu'importe à mon amour l'éclat du diadême?
Il peut flatter Guilford.... c'est vous seule que j'aime.
Arbitre de ma vie, ainsi que de ma mort;
C'est vous, c'est votre choix qui va régler mon sort.

JEANNE.

Eh bien, signalez donc une flamme si belle....
Jeanne vous devra tout, si vous l'aimez pour elle :
Mais si de son bonheur votre cœur est jaloux ;
Elle ne vous doit rien, quand vous l'aimez pour vous.
  Mylord, c'est à Derby que je tiens ce langage :
A lui, dont la franchise en doit aimer l'hommage....
A tout autre que lui, j'aurais pu le céler ;
(Peut-être m'abaisser jusqu'à dissimuler !...)
Mais je connais Derby.... Victime d'une flamme
Peu digne maintenant de captiver son ame,
Derby saura la vaincre, apprendre à l'univers
Qu'un Amant généreux sait, en brisant ses fers ;
Et sans nourrir des feux que l'honneur doit combattre,
Se soustraire à des maux.... trop peu faits pour l'abattre !

DERBY (*avec sentiment.*)

Ah ! que vous savez bien ce que peut la Beauté,
Sur l'ame d'un Amant justement irrité !
Et combien, pour calmer les tourments qu'il endure,
L'éloquence du cœur est toujours la plus sûre !...
  Mais si l'honneur, qui parle, en épurant mes feux,
Fait à ce que je dois, céder ce que je veux :
Sur cet effort, du moins appréciez mon zele....
Quoique Amant malheureux, c'est un ami fidele,
Qui, violant pour vous un austere devoir,
A son amour, peut-être, interdit tout espoir ?...
N'importe ; la pitié, vos vertus, la justice,
Exigent de Derby ce nouveau sacrifice !

JEANNE (*avec vivacité.*)

Quel est-il ?

DERBY (*à demi-voix.*)

On conspire.... & mon heureux rival
Attire seul sur vous cet orage fatal.

JEANNE (*à part.*)

Dieu !...

DERBY.

S'il est votre époux !... le trône est à *Marie*.

JEANNE.

Ah ! qu'entends-je ?...

DERBY.

Un secret, d'où dépend votre vie
Et celle de Guilford.

JEANNE (*avec effroi.*)

Ah, Seigneur ! vos vertus
Me laissent espérer....

DERBY.

N'exigez rien de plus....
Le reste est un secret que l'honneur doit vous taire.
Mais en élevant trop un rival téméraire,
Ne vous préparez pas un avenir sanglant,
Madame.... votre trône est encor chancelant;
Songez à l'affermir : pensez en Souveraine.
Oubliez, pour un temps, & l'amour & la haine :
N'écoutez que la gloire.... Animez deux rivaux,
Et seule jouissez des fruits de leurs travaux.
Que tous deux, à l'envi, cimentent la puissance

D'un trône où brillera leur plus chere espérance....
Libre alors, & par eux, plus Reine qu'aujourd'hui ;
Choisissez le plus digne,... & régnez avec lui.

JEANNE.

Quelque touché qu'il soit de cet effort suprême,
Mon cœur, pour se donner, n'étant plus à lui-même ;
J'en dois l'aveu, Mylord...., & même en cet instant,
Je croirois vous tromper en vous le promettant.
Ainsi, sans ajouter à l'espoir qui vous flatte,
Je saurai vous devoir, sans risquer d'être ingrate ;
Et sans vous rien cacher de mes justes regrets,
De vos soins généreux mériter le succès.

SCENE IV.

DERBY (*seul.*)

Le voilà donc connu ce cœur impénétrable !..
J'en desirais l'instant, & cet instant m'accable !..
Et l'amour regne encore dans mon cœur enflammé !..
Qu'attends tu, malheureux ?... ton rival est aimé....
Elle craint cependant...., mon bras peut la défendre :
Elle est reconnaissante.... Eh ! qu'osé-je prétendre ?
Dût elle me devoir & sa gloire & ses jours ;
Guilford, l'heureux Guilford, l'emportera toujours !
Et, lorsque le malheur rend leur chaîne plus forte,
Qu'attendre des succès qu'on me devra ?... N'importe ;

Tâchons de la fléchir à force de vertus :
C'est du moins un espoir, & je n'en avais plus !...
Mais, que dira Pembroc ?... Dieu ! je le vois paraître.

SCENE V.

DERBY, PEMBROC.

PEMBROC.

Fils ingrat !... Est-ce ici que Derby devrait être ?...
Qu'y cherche-t-il ?

DERBY.

L'espoir dont vous m'aviez privé,
Seigneur.

PEMBROC.

Te flattes-tu de l'avoir retrouvé ?...
Victime des erreurs de ton ame enivrée,
Qu'attends-tu d'une Amante à sa flamme livrée,
Et d'un rival armé du souverain pouvoir ?

DERBY.

Beaucoup de mon amour... tout de mon désespoir !

PEMBROC.

Qu'entends-je ?...

DERBY.

Mais, du moins, Guilford n'est point coupable ;
Et la Reine, Seigneur, n'est point inébranlable.

PEMBROC (*ironiquement.*)
La Reine ?...

DERBY.
Oui, mon pere.... elle a senti mes maux ;
Et quoique décidée entre les deux rivaux,
Elle daigne suspendre un funeste hyménée,
D'où, malgré vos projets, dépend ma destinée.

PEMBROC.
Et tu l'en crois ?...

DERBY.
Seigneur, je doute, je combats :
Si mon cœur est séduit, ma raison ne l'est pas....
(*avec vivacité.*)
Mais Guilford m'aime encor.... Malgré toute ma rage,
D'un rival qui me plaint j'ai connu le langage :
(Le cœur est un tyran qui veut être obéi !)
Peut-être, plus aimé, j'aurais fait comme lui...
Et qui connaît l'amour, pardonne à ses faiblesses.

PEMBROC.
Ainsi ton cœur trompé, croit encore aux promesses ?
Croit encore aux vertus de ce couple d'ingrats ?...
Si je les démentais, tu ne m'en croirais pas ?...
Tiens.... lis.

DERBY (*lit le billet.*)
« Je crains Derby : tu connais son audace...
« Veille, éclaire ses pas. Sans doute, dans la Tour,
« L'amour va le conduire avant la fin du jour...
« Si sa bouche ou ses yeux vont jusqu'à la menace ;

« Il est notre ennemi : songe à t'en assurer,
« Cher Glaston ! prévenons l'effet de sa colere.
« Si contre nous, Pembroc osait se déclarer ;
« Le fils nous répondra du pere.
Northumberland.
(*Derby, après avoir lu, tombe dans l'accablement.*)
Sens-tu les horreurs du danger,
Où ton aveugle amour avoit su te plonger,
Si Glaston à son Maître eut été plus fidele ?...
Si ton pere, en un mot, n'eût corrompu son zele ?

DERBY (*à part.*)

Dieu !...

PEMBROC.

Vois ce qu'eût osé le pere de Guilford,
Devenu, dans la Tour, arbitre de ton sort ?...
Ajouterai-je encor, que tandis qu'on t'abuse,
Que ta Reine te flatte, & que Guilford s'excuse ;
L'adroit Northumberland, à l'abri de nos coups,
Va la faire presser de choisir un époux ?...
Que ce funeste choix, déjà fait par ta Reine,
Nous prépare à tous deux une perte certaine ?...
Tandis que ton amour nous arrête en ces lieux,
Et que perdant un temps devenu précieux ;
Au moment que tout vole au-devant de *Marie*,
Suspects aux deux partis (sans servir la Patrie !)
Nous nous verrons bientôt, quel que soit le vainqueur,
Proscrits !... déshonorés, peut-être ?

DERBY (*avec vivacité.*)

Non, Seigneur !
Mon juste désespoir ; le péril qui vous presse,
D'un cœur digne de vous ont dissipé l'ivresse.
Hâtons-nous ; vengeons-nous de ce complot cruel....
Derby n'étoit que faible ; il serait criminel !...
Guidez mes pas : fuyons.

PEMBROC (*en l'embrassant.*)

Viens, mon fils !... La victoire,
Au défaut de l'amour, m'assure de ta gloire ;
Et secondant mes vœux, peut-être dès demain,
Nos ennemis en toi verront leur Souverain.

Fin du second Acte.

ACTE TROISIEME.

SCENE I.

JEANNE, GUILFORD.

GUILFORD.

Eh quoi! dans ce jour même, où jaloux de son choix,
Un Peuple indépendant se soumet à vos loix:
Vous verrai-je insensible à cet honneur suprême,
Ternissant de vos pleurs l'éclat du diadême,
Ne répondre aux transports d'un Amant empressé,
Qu'en cachant des regrets dont mon cœur est percé?

JEANNE.

J'en puis sentir, Guilford.... Mais garde-toi de croire,
Qu'une lâche terreur puisse obscurcir ma gloire?
Que d'un léger péril, trop prompte à m'alarmer,
Je succombe à des maux que l'Amour dût calmer?..,
Juge mieux de mes pleurs: connais mieux ton Amante.
Trop craintive pour toi, pour elle indifférente,
Son cœur, que tout alarme en ce funeste jour,
N'aurait jamais tremblé.... s'il n'eût connu l'amour!...

Mais

Mais crois-tu me cacher, que la haine & l'envie
Menacent à la fois & mon trône & ta vie?
Que dans Londres déjà l'on voit, de toutes parts,
De la rébellion flotter les étendards;
Tandis que, sous mes yeux, une foule ennemie
Déserte mes drapeaux pour se joindre à *Marie*?...
Penses-tu que j'ignore, a-t-on pu me cacher,
Loin d'attendre ses coups, qu'ardent à les chercher,
Au seul bruit du danger, Guilford courant aux armes,
Prétendait ou périr ou calmer mes alarmes?...
Ah! si malgré tes soins (& le pouvoir d'un Roi!)
Ces funestes secrets sont venus jusqu'à moi;
Et, si j'en crois l'aveu que ton trouble m'arrache,
Juge de mes terreurs pour ceux que l'on me cache?

GUILFORD.

L'amour voudrait en vain vous les dissimuler:
C'est être criminel que de n'oser parler,
Quand on prévoit les maux que le silence entraîne.
Mais si je vous suis cher, Madame.... soyez Reine:
Commandez à mon pere; ordonnez que mon bras
Prévienne des mutins les secrets attentats.
Avant qu'un jour de plus ajoute à leur puissance,
Hâtons-nous de l'abattre, ou craignons leur vengeance!...
Tandis qu'on délibere, un Peuple mutiné,
A son caprice seul se croit abandonné:
Mais une heureuse audace ou le fixe ou l'étonne;
Et des premiers succès dépend votre couronne.

JEANNE (*tendrement.*)
Dis celle dont l'amour déjà couvre ton front...;
(*après un moment de silence.*)
Défends-la... Va porter mes ordres à Glaston ;
Ou plutôt les tiens.... Va : dans ce désordre extrême ;
Ton péril est pour moi pire que la mort même !
Mais malheur à l'Amante à qui ce sentiment
Pourroit faire oublier l'honneur de son Amant!...
Va, dis-je ; va montrer à qui proscrit ta tête,
Que le brave Guilford mérita sa conquête.
L'Anglais est magnanime ; il chérit la valeur :
Il aimera Guilford, si Guilford est vainqueur !
Tel rougit maintenant de voir en toi son Maître ;
Qui, vaincu par ton bras, te croira né pour l'être ;
Et tu verras son choix justifier le mien.

GUILFORD (*après lui avoir baisé la main.*)
Le fier Pembroc, du moins, dans ces murs ne peut rien ;
Et si Derby s'oppose au courroux qui m'enflamme ?...
Mais mon pere paraît..., secondez-moi....

SCENE II.

JEANNE, GUILFORD, NORTHUMBERLAND.

NORTHUMBERLAND.

MADAME;
Je prétendrais en vain déguiser à vos yeux,
Ce que pour nous ce jour semble annoncer d'affreux!...
L'obscure trahison, la haine, la vengeance,
Sous le même étendard marchent d'intelligence,
En faveur de *Marie* unissent leur effort,
Et portent dans ces murs l'épouvante & la mort.
Tout tremble à leur aspect!... Le Citoyen timide,
Que l'intérêt conduit, que la crainte décide,
Que le moment subjugue, & dont le souvenir
Toujours sur le passé juge de l'avenir,
Cédant au préjugé qu'enfante l'apparence,
Dont *Marie*, à ses yeux, décore sa puissance;
Nous fuit, & va grossir les forces d'un parti,
Dont les plus redoutés ne seroient rien sans lui...:
Ces lâches Courtisans, (que j'aurais dû connaître!)
Que la fortune donne & dérobe à leur Maître;
Esclaves du Monarque en sa prospérité,
(A peine ses Sujets dans son adversité)

Corrompus par Pembroc, & vendus à sa haine,
Dans le camp ennemi vont chercher une Reine;
Et si rien ne s'oppose au torrent qui les suit,
Votre Empire, bientôt, à ces murs est réduit!

GUILFORD (*avec chaleur.*)

C'est avoir trop long-temps enchaîné mon courage,
Seigneur!... J'aime à devoir à mon pere, à son âge,
A son expérience; & sûr de son pouvoir,
Il vit toujours mes vœux seconder son espoir....
Mais le devoir se tait quand la gloire murmure,
Et brûle de venger l'Amour & la Nature.
J'y vole.... le destin, au défaut de soldats,
Du moins me laisse encor des amis & mon bras.

NORTHUMBERLAND.

Va...., si le Ciel est juste, il te doit la victoire.

SCENE III.

JEANNE, NORTHUMBERLAND.

NORTHUMBERLAND.

Vous me verriez périr ou partager sa gloire,
Madame, si vos jours & le sort de l'Etat,
Dépendaient aujourd'hui du succès d'un combat...
Mais j'ai d'autres desseins, dont je dois vous instruire.

JEANNE.

Malgré le peu d'espoir que l'avenir m'inspire,
Vous ne me verrez point par d'inutiles pleurs,
Sans soulager mes maux, augmenter vos douleurs.
La mort, ma chûte enfin, n'ont rien qui m'épouvante :
C'est à ma fermeté de la rendre éclatante ;
Et dût ce jour affreux me ravir tout espoir,
Je suis Reine.... ce mot me dicte mon devoir....
Mais si je demandais par quel fatal miracle,
Ma rivale dans Londre arrive sans obstacle,
Tandis que tous les cœurs étaient tantôt pour nous?...
A mes regrets, Seigneur, que répondriez-vous ?

NORTHUMBERLAND.

Que Pembroc m'a trompé.... qu'un rival implacable,
(Que j'ai cru désarmé) n'est que plus redoutable....
Mais que le vrai courage, instruit à les souffrir,
Sans déplorer ses maux, s'attache à les guérir.
Le péril est pressant, mais n'a rien qui m'étonne.
Un sceptre n'est perdu, que lorsqu'on l'abandonne,
Madame : (sans courage, il est peu de vertus)
Et s'il est des complots que j'avais peu prévus,
J'ai de quoi les combattre, & mon ame est tranquille.
Tandis que cette Tour vous offre un sûr asyle ;
Que mon fils, mes amis y respectent vos loix ;
Je fais armer pour vous mes fidéles *Gallois*.
Ce peuple, de tout temps rival de l'Angleterre,
Oublié dans la paix, rédouté dans la guerre,
Au fond de ses forêts, par nos Rois relégué,

Fut quelquefois vaincu, mais jamais subjugué....
Ce Peuple hait Pembroc; il m'aime,... & j'en dispose.

JEANNE.

On ne prévient les maux qu'en détruisant leur cause,
Seigneur.... & si Pembroc n'arme que contre vous;
Ne peut-on le gagner?... S'il peut tenir de nous,
Plus encor qu'à ses vœux n'aura promis sa Reine?...
Si Derby, qui jamais ne seconda sa haine,
En secret indigné de ses noirs attentats,
Pouvait fléchir son cœur?

NORTHUMBERLAND.

Ne vous en flattez pas.
La haine que la crainte a réduite au silence,
Veille, attend, & saisit l'instant de la vengeance....
C'est s'abuser, enfin, de croire que jamais
On gagne les méchants à force de bienfaits.

JEANNE (*avec plus de force.*)

Mais, peut-être, Seigneur, cet ennemi terrible,
Si vous le préveniez, y seroit-il sensible?

NORTHUMBERLAND (*vivement.*)

Eh! peut-il oublier, que toujours son égal,
Sa politique, en moi, vit toujours un rival?
Qu'en amitié perfide, il a trompé la mienne?
Qu'envieux de ma gloire, & jaloux de la sienne,
Il s'est toujours trahi lorsqu'il crût me trahir?...
Madame, il me craint trop, pour ne me point haïr.
Le seul succès décide un sort tel que le nôtre;
Le triomphe de l'un est la perte de l'autre:

Sa Reine, sous son joug, n'entendra que sa voix...
Et si Pembroc me perd, il nous perdra tous trois.

JEANNE.

Mais, si vous nous quittez.... que faut-il faire?

NORTHUMBERLAND.

Attendre..!
Votre Amant, dans ces murs, peut long-temps vous défen-
Pendant que vers le Nord précipitant mes pas, (dre,
Je cours vous rassembler de fideles soldats....
Tant qu'entre deux rivaux la fortune balance,
J'attends tout de l'Anglais & de son inconstance:
Chez ce Peuple, rebelle à l'absolu pouvoir,
Le héros du matin, n'est qu'un tyran le soir:
L'audace seule a droit de subjuguer leur ame.
Sûre de mon retour, espérez tout, Madame;
En défendant vos droits, mon fils dût-il périr,
Seul auteur de vos maux, je dois vous secourir....

(*en lui baisant la main.*)

Dignes de l'amitié dont le nœud nous rassemble,
Triomphons, s'il se peut, ou périssons ensemble....
Mais tombons avec gloire, & dignes du succès!

SCENE IV.

JEANNE (*seule.*)

Sois heureux, cher Guilford! & je meurs sans regrets...
Mais tu ne reviens point?... Dans mon ame interdite,
Ta perte, en traits de sang, déjà me semble écrite!...
Ah! je l'avais prévu!... Pourquoi t'ai-je écouté?...
Tout me reproche un rang que tu m'as trop vanté:
Et dût mon droit au trône être moins légitime;
(*avec fermeté.*)
J'ai cédé par faiblesse!... & si j'en suis victime,
Du moins, en partageant le péril où tu cours,
Et digne de ton choix, je vole à ton secours...

SCENE V.

JEANNE, DERBY, SOLDATS.

DERBY (*à Jeanne.*)

Epargnez-vous ce soin.

JEANNE.

Ah, Dieu! c'est toi barbare?...

(*avec dignité.*)

Je sens, je vois le sort que Pembroc me prépare :
Guilford n'est plus, sans doute, & je suis dans tes fers ?...
Approche.... épargne un crime à celle que tu sers :
Frappe.... & que ses bienfaits soient le digne salaire
D'avoir percé ce cœur.... à qui tu n'as pu plaire.

DERBY.

Achevez, achevez, Madame, d'accabler
Un Amant, qu'un rival dédaigne d'immoler ?
Victime de l'amour, j'aspirais à la gloire :
Guilford me l'ôte encore !... Assurez sa victoire....
Je suis son prisonnier.

JEANNE (*avec transport.*)

Son prisonnier ?...

DERBY.

Quel sort !...
Et pour comble d'opprobre.... il m'arrache à la mort !

JEANNE (*à part.*)

Grand Dieu !...

DERBY.

De votre hymen la nouvelle semée,
Ne laissait qu'un espoir à mon ame alarmée.....
Pembroc en vain s'oppose à mes vœux empressés :
Suivi de peu des miens, à l'instant ramassés ;
Brûlant de me baigner dans le sang d'un perfide,
Je vole vers ces murs, & la rage me guide !...
Mais le ciel, aujourd'hui, favorable aux ingrats,
Dans un piege imprévu fait tomber mes soldats.

Ils sont enveloppés.... Dans ce péril extrême ;
Je les défends en vain : je périssais moi-même ;
Si pour comble de maux, le Ciel, en ce moment,
N'eût, pour sauver mes jours, amené votre Amant.

JEANNE.

Quoi ! c'est lui qui vous sauve ? Et votre ame inhumaine,
Le méconnaît encore ?

DERBY.

Il ajoute à ma haine....
Le retour d'un bienfait ne peut être trop prompt :
Mais le bienfait d'un traître.... est un nouvel affront.

JEANNE.

D'un traître ?... Il ne l'est pas.... & la reconnaissance....
(*avec vivacité.*)
Mais, c'est lui que je vois !...

SCENE VI.

JEANNE, DERBY, GUILFORD.
SOLDATS, GARDES.

DERBY (*à Guilford.*)

Ose paraître.... avance ;
Arbitre de mon sort, autrefois mon égal....
Viens goûter le plaisir de braver un rival....
Viens jouir de ta gloire & du bonheur insigne,

De triompher d'un cœur (dont je m'étais cru digne)
De me parler en maître ; & de dicter des loix
A qui s'y voit soumis pour la premiere fois.

GUILFORD.

Je laisse un libre cours à ta fierté farouche.
Je parlerais en vain, puisque rien ne te touche :
Puisque ton cœur jaloux, dans sa haine affermi,
Dans qui t'aima toujours ne voit qu'un ennemi....
Victime, sans remords, de ta faiblesse extrême,
Tu rougis de tes fers ?... Ne t'en prends qu'à toi-même....
Si tes soupçons, aigris par un pere inhumain,
Te mirent contre nous les armes à la main.
S'il osa m'imputer des crimes que j'ignore,
Juge, s'il t'a trompé ?... puisque tu vis encore.

DERBY.

Pembroc aussi respire.... Il eut vengé Derby.

GUILFORD (*avec sentiment.*)

Dieux ! qu'oses-tu penser ?....

DERBY.

Tout, de qui m'a trahi..

(*en montrant Jeanne.*)

Tout, de qui craint pour toi.

JEANNE.

Ce soupçon téméraire,
Trop injuste Derby ! me peint ton caractere.
Moins généreux que vain, l'objet le plus chéri,
Dès qu'il t'est préféré, devient ton ennemi :
La haine est un devoir pour ton ame offensée ;

Et chez Derby, l'effet suit toujours la pensée.
Guilford n'osait le croire!... & tu me prouves bien,
Que s'il fut ton ami.... tu ne fus pas le sien.

DERBY (*avec fureur.*)

Dieux!...

JEANNE (*froidement.*)

Ecoute, & rougis.... Noble, quoi qu'elle endure,
L'amitié qui se plaint, ne connoît pas l'injure :
La voix du repentir appaise ses regrets....
Qui ne pardonne point ne la connut jamais.

DERBY (*interdit.*)

Madame.

JEANNE (*avec un geste d'autorité.*)

Jusqu'ici, j'avais su me contraindre.
Mais, réponds-moi, Derby?... de quoi t'oses-tu plaindre,
Cruel!... Si comme Amant je le préfere à toi;
Pour lui seroit-ce un crime? en seroit-ce un pour moi?...
Ces mouvements secrets, où le goût seul préside;
Cet attrait inconnu, que le penchant décide;
Cet accord mutuel, d'ames, de sentiments,
Qui chez deux étrangers fait trouver deux Amants;
(Et même, à la raison ces choix souvent contraires)
Les crois-tu des forfaits, s'ils sont involontaires?
L'amour, pour le blesser, consulte-t-il un cœur?
Est-ce un crime au vaincu de céder au vainqueur?...
Mais, parle.... Qu'ai-je fait, depuis que ma promesse
Sur l'hymen que tu crains rassura ta tendresse?
Quel motif t'a forcé de trahir, en un jour,

Tes ſerments, l'amitié, ta patrie, & l'amour?...
Si mes feux avoués n'ont pu rompre ta chaîne,
Etant moins ton Amante, étais-je moins ta Reine?
Mais ſi le Ciel propice, en te donnant des fers,
Te met en mon pouvoir; vois comme je m'en ſers?...
Victime des remords qu'enfante l'injuſtice,
Reprends ta liberté.... qu'elle ſoit ton ſupplice.

DERBY (*avec étonnement.*) (plus

Qu'entends-je?... Ah, malheureux!... Il ne te manquait
Que de voir, à tes yeux, briller tant de vertus?...
Triſte objet des rigueurs d'un deſtin déplorable,
Il te manquait encor de te trouver coupable?
Et rebelle à l'amour, ainſi qu'à l'amitié,
De te ſentir toi-même indigne de pitié?...
(*après un inſtant d'accablement.*)
Madame, le remord qu'en mon cœur je ſens naître,
(pour la premiere fois) m'apprend à me connaître;
Et me prouve trop bien, qu'un inſtant malheureux
Peut faire un criminel d'un Amant vertueux!

GUILFORD. (*avec vivacité.*)

Quoi, Derby!... ſe peut-il, que ton ame attendrie,
Dans la Reine aujourd'hui, puiſſe voir une Amie?...
Que la haine, à mes vœux, ne ferme plus ton cœur?

DERBY (*avec ſentiment.*)

Ami, l'orgueil peut feindre.... & non pas la douleur.

JEANNE.

Quoi!... ce regret ſubit?...

DERBY.

Est juste.... (il est sincere!)
Vous en allez juger.... Sans accuser mon pere,
Madame; vous savez quelle rivalité,
Contre Northumberland l'a toujours irrité?...
La guerre a ses revers! L'abus de la victoire,
De plus d'un conquérant a vu flétrir la gloire:
Et du succès, souvent le soldat enivré,
Dans ses premiers transports n'avait rien de sacré?...
De votre sûreté, que Derby soit le gage:
Contre vos ennemis, gardez-moi pour ôtage;
Retenez dans ces murs un garant de leur foi..
Craignez moins d'eux enfin, tant qu'ils craindront pour (moi.

GUILFORD.

Je revois mon Ami!... C'est Derby que j'embrasse!...

DERBY.

Il gémit de ses torts!

GUILFORD.

Ta douleur les efface.

DERBY.

Plût au Ciel!... Mais je veux mériter mon pardon....

(*à Jeanne.*)

Et pour vous le prouver.... gardez-vous de Glaston!...
Il vous trahit tous deux.

GUILFORD.

Glaston, dis-tu?...

DERBY.

Lui-même.

Songe à t'en assurer, si tu crois que je t'aime ?...
(Mais, sur-tout, sans éclat!) car je crains qu'en ces lieux ;
Ce perfide, entouré de guerriers factieux ;
Pour prévenir tes coups, s'il prévoit ta vengeance,
Ne puisse être, en effet, plus puissant qu'on ne pense ?...
Agis donc, en secret.... Madame, calmez-vous,
Et d'un traître connu, redoutez peu les coups....
Toi, Guilford, va combattre & terminer la guerre ;
Fais régner ton Amante.... & respecte mon pere !

Fin du troisieme Acte.

ACTE QUATRIEME

SCENE I.

DERBY, UN GARDE.

DERBY (*au Garde.*)

(*à part.*)

DEMEUREZ un instant.... Quoi! bravant le danger
Où sa témérité risque de le plonger,
C'est mon pere, dit-il ? c'est Pembroc qui desire
Que je l'attende ici ?... Le motif qui l'inspire,
De son cœur alarmé bannit tout autre effroi,
Sans doute, que celui dont il frémit pour moi...
Que je crains ses fureurs !... Mais le devoir austere,
Tout injuste qu'il est, me dit qu'il est mon pere :
Qu'il est pour la vertu de dangereux instants ;
(*Au Garde.*)
Que je l'éprouve, hélas !... Dites que je l'attends ?...
Allez....

SCENE II.

SCENE II.

DERBY (*seul.*)

C'est toi, dont l'ame à l'intérêt livrée;
De ces lieux à Pembroc ouvre, en secret, l'entrée,
Infidele Glaston ?... & je vois maintenant,
Que c'est toujours trop tard, qu'on punit un méchant !

SCENE III.

DERBY, PEMBROC.

Pembroc est déguisé en Soldat, le casque en tête, & la visiere baissée.

PEMBROC (*à part.*)

(*en se découvrant.*)

Il est seul... approchons... Cher Derby ! quand la guerre,
A tes vœux, comme aux miens, dans cet instant contraire,
Te soumet à des loix (dont on peut abuser....)
Indigné de tes fers, Pembroc sait tout oser.

DERBY (*tendrement.*)

Ah, mon pere !...

PEMBROC.

Entends-moi ?... Ce déplorable Empire,
Que depuis si long-temps la discorde déchire ;
Où l'intérêt, l'orgueil & la rébellion,
Sous le manteau sacré de la Religion,
(Impérieux tyrans de l'autel & du trône !)
Arrachent à nos Rois & rendent la couronne :
Cette Angleterre, dis-je, où l'on vit, tour-à-tour,
Tant de sceptres brisés par le succès d'un jour ;
Pour peu que Derby m'aime, & qu'il veuille m'en croire,
Va devoir à nos soins son repos & sa gloire.

DERBY.

Prisonnier de Guilford, qu'exigez-vous de moi ?...
Que puis-je dans les fers ?

PEMBROC.

Les briser.... être toi....
Sauver ta Reine au sort dont ce jour la menace ;
Loin de la recevoir, à Guilford faire grace....
Si tu les crois, enfin, dignes de ta pitié,
Consoler, à la fois, l'Amour & l'Amitié.

DERBY.

Moi, Seigneur !... & comment ?

PEMBROC.

En suivant la carriere,
Que t'ouvre la Fortune & qu'applanit ton pere :
En sachant mériter les faveurs du destin....
Marie est sous mes loix.... & je t'offre sa main.

DERBY.

Sa main !... Oubliez-vous ?...

PEMBROC.

Quoi ?... tes feux pour l'ingrate ;
Dont la fausse pitié te trahit & te flatte ?
Qui te hait, en effet, & craint pour son Amant ?...
Dieu ! mon fils est-il fait pour tant d'abaissement ?
Quand la gloire & l'honneur, lorsqu'un trône l'appelle,
Méprisable jouet d'un rival infidele,
Qui de Jeanne, à son gré, change & fixe la foi ;
Veut-il encore l'aider à devenir son Roi ?
Veut-il, en ajoutant encor à leur puissance,
Et se perdre, & livrer son père à leur vengeance ?

DERBY.

Si vous me connaissez ?... vous ne le croyez pas,
Seigneur.

PEMBROC.

Viens donc, mon fils ? ose suivre mes pas ?...
Songe que Londre, en toi, va respecter son Maître ;...
Que Guilford le sera, si tu ne veux point l'être ?...
Que les instants enfin d'où dépend ton succès,
S'ils ne sont point saisis... sont perdus pour jamais.

DERBY.

Non.... Dussé-je adopter l'espoir qui vous anime ;
En vous obéissant, je perdrais votre estime,
Seigneur.... elle m'est chère.... & vous-même, autrefois ;
Daignâtes me dicter de plus austeres loix.

PEMBROC.

Les temps changent, mon fils ; les loix changent de mê-
Lorsque le bien public & le pouvoir suprême, (me,
Sur ces objets sacrés forcés de varier,
Concourent à la fois pour les rectifier...
Eh! dans quel temps jamais à la triste Angleterre,
Un pareil changement fut-il plus nécessaire?
Et lorsque Derby seul peut lui rendre la paix ;
L'amour peut-il encore exciter ses regrets?

DERBY.

Dût l'amour, désormais, n'en plus être la cause,
Seigneur.... un autre obstacle à vos desirs s'oppose.

PEMBROC.

Un autre obstacle?...

DERBY.

Oui, si saint, si respecté,
Que par le plus coupable il serait attesté!...
Ma prison.

PEMBROC.

Ta prison?... je la brise.... & le blâme
N'en peut tomber sur toi....

DERBY.

Je le saurais.

PEMBROC.

Ta flamme,
D: trône (qui t'attend) t'écarte pour jamais,
Malheureux?....

DERBY.

A ce prix, je le perds sans regrets.

PEMBROC (*avec une fureur contrainte.*)

Tu me connais, Derby?... Plus ton refus m'accable,
Plus mon ressentiment est pour toi redoutable!...
Suis-moi?...

DERBY.

Je ne le puis.

PEMBROC.

Ciel! qui retient mon bras?...
(*en portant la main son épée.*)
Si tu n'étais mon fils?

DERBY (*à part.*)

Si je ne l'étais pas?...

PEMBROC (*d'une voix altérée.*)

Derby!...

DERBY.

Seigneur?...

PEMBROC.

Ingrat!... s'il faut que je te laisse
En proie à des regrets, (dignes de ta faiblesse!)
Apprends qu'ici, bientôt, Pembroc se vengera,
De toi, de tes amis.... ou qu'il y périra....
(*en voyant Derby inébranlable.*)
Adieu, perfide.

(*on entend du bruit.*)

DERBY.

Ciel! quel bruit se fait entendre?...

(*en arrêtant son pere.*)

Demeurez.... en sortant, on pourrait vous surprendre;
Mon pere...., & je frémis de ce que vous risquez !...
On vient....

(*Pembroc baisse la visiere de son casque.*)

SCENE IV.

JEANNE, DERBY, PEMBROC,

JEANNE (*à Derby.*)

Ces murs ce soir doivent être attaqués,
Dit-on, brave Derby !... L'implacable Furie,
Qui contre nous déchaîne & Pembroc & Marie,
Leur peint tous vos dangers, exagere vos maux :
Dans vos amis, enfin, leur montre des bourreaux....
Mais, quel est ce guerrier ?

DERBY.

Madame.... c'est....

PEMBROC (*en se découvrant.*)

Un pere,
Que le péril d'un fils a rendu téméraire :
Qui se livrant au sort qu'il affronte aujourd'hui,
Le préfere au malheur d'être trahi par lui.

JEANNE (*après un moment de silence.*)

(*aux Gardes.*) (*à Derby.*)

Qu'on appelle Guilford ?... Vous voyez ma surprise,
Mylord ?... & vous sentez tout ce qui l'autorise ?...
Pembroc ici !... Pembroc déguisé dans ces murs !...
Je reconnais sa haine & ses complots obscurs....
Mais que Derby s'y prête & daigne les entendre ?...

DERBY (*avec vivacité.*)

N'achevez point !... sa vue ici doit vous surprendre ;
Et sur-tout avec moi, Madame.... Mais Derby,
S'il est moins votre Amant, n'est pas moins votre Ami...
Vous en aurez la preuve.

(*il sort.*)

PEMBROC (*à part.*)

Ingrat !

SCENE V.

PEMBROC, JEANNE.

PEMBROC.

Je sens, Madame,
A quels affreux soupçons doit se livrer votre ame,
A l'aspect de Pembroc, déguisé dans ces lieux ?
Et combien, en effet, j'y dois blesser vos yeux ?...

Sans doute que tout autre, en même circonstance,
Voudrait de ses projets démentir l'apparence?...
Mais j'écarte ce soin, & ne puis vous cacher,
Qu'un fils, que mes terreurs voulaient vous arracher,
Fidele à ses serments, (ou plutôt à vos charmes!)
Par d'obstinés refus ajoute à mes alarmes.

JEANNE.

Tu penses me braver, Pembroc?... Tu sais pourtant,
Que sûr de se soustraire au destin qui l'attend,
Le pere de Derby, (loin d'être ma victime)
Peut, avec son pardon, mériter mon estime?

PEMBROC.

Pour me voir à vos pieds, il n'est qu'un sûr moyen....
Si Derby n'est pas Roi.... son pere ne craint rien.

JEANNE.

Ainsi, sans me cacher le motif qui te guide,
Tu m'annonces celui qui t'a rendu perfide?...
Ainsi, pour voir son fils au rang des Souverains,
Foulant aux pieds les loix & les droits les plus saints,
Pembroc à son caprice asservit la couronne?
L'arrache d'une main, de l'autre la redonne?
Et m'osant confier ses coupables projets,
Croit, en m'intimidant, préparer leur succès?...
A sa Reine, en un mot, ose parler en Maître?

PEMBROC.

Madame, si mon fils, (quelque ingrat qu'il puisse être!)
N'en est pas moins l'objet qui fixe tous mes vœux;
Si pour le voir au trône aussi puissant qu'heureux,

J'affronterais les fers, la mort, (l'opprobre même!...)
Concevez ma douleur, mon désespoir extrême!
Combien je déplorai son malheur & mon sort,
Quand j'appris qu'à Derby vous préfériez Guilford?...
Dès-là, prompt à saisir l'occasion offerte,
Par la mort d'Edouard, je jurai votre perte;
Et destinai mon fils à celle que ses droits
Appellaient avant vous au trône de nos Rois....
(Tout me flattait, hélas! de leur reconnaissance....)
L'Amour!... l'Amour détruit ma plus chere espérance!
(Quel triomphe pour vous! quelle honte pour moi!...)
N'espérez pas pourtant, quoique sous votre loi,
Et quel que soit ici votre pouvoir suprême,
Voir aujourd'hui Pembroc différent de lui-même?
Il sait mourir, Madame, & ne saurait changer....
Mais vous-même, craignez un plus pressant danger!

JEANNE, (*avec terreur.*)

Ah, barbare! qu'entends-je?...

PEMBROC.

Un conseil salutaire,
Qu'exige cet instant!) que je n'ai pu vous taire:
Qui doit être adopté, suivi, dès ce moment,
Si vous voulez régner & sauver votre Amant.

JEANNE (*avec terreur.*)

Mon Amant?...

PEMBROC.

Et vous-même!...

JEANNE.

Ainsi donc, pour te plaire;
C'est peu de triompher de l'ardeur la plus chere ?..
Ainsi, pour ne plus voir en toi mon ennemi,
Il faut trahir Guilford ?... Il faut aimer Derby ?

PEMBROC.

Il ne faut, en effet, au feu qui vous inspire,
Opposer qu'un objet.... ce que vaut un Empire.
Croire, sur-tout, qu'il n'est qu'une Reine pour moi :
Celle qui de mon fils daignera faire un Roi....
Comptez sur moi, Madame... & quoi que je hasarde,
Rendez mon fils heureux.... le reste me regarde....
(*en voyant Derby.*)
Ah! reviens ?...

SCENE VI.

JEANNE, PEMBROC, DERBY.

DERBY.

Les soupçons qui devoient vous frapper;
Madame, étaient fondés : j'ai dû les dissiper....
Glaston, n'est plus à craindre.

PEMBROC (*à part.*)

Ah! quel revers?

DERBY.

Ce traître,
Qu'un nouvel intérêt vit toujours prêt à l'être,
Et toujours plus coupable !... en tombant sous mes coups,
Ne laisse plus, ici, d'autre Maître que vous,
Madame.

JEANNE.

Ah, cher Derby !... quelle reconnaissance ?...

DERBY.

Vous ne m'en devez point.... ma plus chere espérance,
Est de revoir Pembroc, plus juste désormais,
Donner le même exemple à vos autres Sujets....

(*avec transport.*)

Oui, mon pere! Derby, pour vous, pour votre gloire;
Derby, que vous aimez; votre fils, aime à croire,
Qu'un triomphe si grand, si glorieux pour vous!
D'où dépend mon bonheur & le salut de tous,
(Sur-tout lorsque mon cœur ose en tenter un autre!)
Est digne de flatter un cœur tel que le vôtre?...
Pourriez-vous balancer ?... Non. Vos yeux attendris,
Vos devoirs mieux connus, rassurent votre fils;
Et vous rendant enfin à votre Souveraine,
Quand j'ai vaincu l'Amour, sauront vaincre la haine....
Ah! quel que soit l'objet de vos ressentiments,
Songez qu'ici la Reine a reçu vos serments ?...
Que le trône, sans vous, séduisait peu son ame ?
Que la foi, l'équité.... que l'honneur les réclame ?...
Que celle enfin, de qui vous appuyez les droits

Annullés par son pere (& proscrits par nos loix);
Vile esclave de Rome, & que l'Espagne inspire,
A leurs sanglants décrets va livrer cet Empire?
Et que l'Anglais, courbé sous le poids du malheur,
Dans Pembroc, à mes yeux, en maudira l'auteur?...
Dieu!... s'il faut qu'à ce point votre nom se flétrisse?
Mon pere! épargnez-moi cet horrible supplice?...
Un fils, qui vous chérit, l'attend à vos genoux!...
Où reprenez le sang qu'il a reçu de vous?

JEANNE (*à part.*)

Que cet instant ajoute à ma douleur secrete!

PEMBROC (*après un moment de silence.*)

Leve-toi?... la Nature en moi n'est point muette;
Tu le sais?...

DERBY (*en l'embrassant.*)

Ah! mon pere...

JEANNE (*allant à lui.*)

Ah, Seigneur!...

PEMBROC.

Mais comment,
Si Madame, aujourd'hui couronne son Amant?...
Comment me garantir des coups que me prépare
La haine d'un rival aussi fier que barbare?

(*à Derby.*)

Je veux que l'amitié te réponde du tien?...
Mais qui me répondra des intrigues du mien,
Lorsqu'armé par la crainte & le pouvoir suprême,
Il voudra m'immoler?...

JEANNE (*vivement.*)

Moi, Seigneur !... Guilford même !...
Moi, qui vous devrai tout !... Moi, qui jure aujourd'hui
De voir en vous ce Prince !... & de vous voir en lui !...

SCENE VII.

JEANNE, PEMBROC, DERBY, GUILFORD, GARDES.

JEANNE (*courant au-devant de Guilford.*)

VIENS Guilford ?... cet instant met un terme à ta peine !...
(*avec transport.*)
Dans ton Amante, enfin, Pembroc revoit sa Reine !
Mes sentiments pour toi n'offensent plus son cœur....
Et c'est à ton Ami que je dois ce bonheur !...
(*en montrant Pembroc.*)
Dignes de l'obtenir, jurons lui l'un & l'autre,
Que leur félicité sera toujours la nôtre ;
Et que Northumberland, d'accord avec son fils,
(*avec terreur.*)
Oubliera pour jamais.... Que vois-je ?... tu gémis !...
L'instant même où Pembroc termine nos alarmes,
Ce fortuné moment doit-il coûter des larmes ?
Aurais-je à craindre encor quelques nouveaux revers ?...

Ose me l'annoncer?...

GUILFORD.

Mon pere.... est dans les fers!...

JEANNE.

(*à Derby*)

Dans les fers?... Ah, Derby!...

PEMBROC (*à part.*)

L'espoir encor me reste.

JEANNE (*à Guilford.*)

Il est dans Londre?...

GUILFORD.

Hélas!...

DERBY.

Quel contre-temps funeste!

GUILFORD.

L'infidele Glaston, instruit de ses projets,
En trahissant mon pere, a comblé ses forfaits.

DERBY.

Monstre, trop mal puni, pour qui connut ton ame!...
Mais calmez vos terreurs: Pembroc, au moins, Madame,
Dans ce nouveau malheur nous offre un sûr appui:
Votre rivale est faible, & n'est rien que par lui...
Rassure-toi, Guilford.

GUILFORD (*à Pembroc.*)

Seigneur, pour la confondre,
Je n'avais qu'un espoir!... & j'allais lui répondre,
Que Pembroc, en ces lieux, m'étoit un sûr garant
De ce qu'elle oserait contre Northumberland?...

Mais puisque vous cessez de nous être contraire;
Que vous ne voyez plus un rival dans mon pere;
Et que contre un parti, si dangereux pour nous,
La Reine trouve enfin un protecteur en vous?...
Soyez aussi le mien, Seigneur; & qu'à ce titre,
Du plus saint des devoirs je trouve en vous l'arbitre?
Que je vous doive enfin, en ce funeste jour,
Ce qu'attendent de moi la nature & l'amour?

DERBY.

Ah, mon pere!...

PEMBROC.

Sensible à tant de confiance,
Quand mon trouble est égal à ma reconnaissance,
(Dussiez-vous désormais être sûrs de ma foi)
Quels secours pour ce Prince espérez-vous de moi?...
Eh! qu'attendre, en effet, quelque effort que je fasse,
Pour dérober sa tête au coup qui la menace,
D'un succès, que l'instant ne rend que trop douteux?

DERBY (*avec chaleur.*)

Mon pere!...

PEMBROC (*à Jeanne & à Guilford.*)

Ecoutez-moi?... Si cédant à vos vœux,
J'allais vous conseiller, pour racheter sa vie
Et rompre sa prison, de me rendre à Marie?
Ne pourriez-vous pas craindre, ou du moins soupçonner,
Les motifs du conseil que je pourrais donner?...
Et si je proposais un sentiment contraire,
Qui de votre ennemie irritât la colere,

Et me rendît suspect à son pouvoir jaloux;
Que pourrais-je, Seigneur, pour un pere & pour vous?...
Il faut opter, pourtant: le danger, le temps presse!...
Pour en délibérer, souffrez que je vous laisse.
De la Reine & de vous, j'attendrai les avis,
Mylords... & quels qu'ils soient, vous les verrez suivis.

SCENE VIII.

JEANNE, GUILFORD, DERBY.

JEANNE.

Que faire?... Que résoudre?... Affreuse alternative!...
Dans cette extrémité, quelque parti qu'on suive,
Le péril est égal!... Mais, Mylord, pardonnez
Au trouble de mon cœur, de mes sens étonnés?
D'un cœur qui vous honore & craint de vous déplaire?...
Mais, cher Derby... Pembroc... Pembroc n'est point sincere!
Pembroc dissimulait!... Ses yeux & ses discours,
Masquaient en vain son cœur?... Pembroc nous hait toujours!

DERBY.

Sans oser avouer, que de la même crainte,
Madame, malgré moi, mon ame soit atteinte;
Quand la mort de Glaston renverse ses projets,
Je crois qu'il en conserve, au moins, quelques regrets...
Mais si vous en croyez au zele qui m'inspire,

pour

Pour vous, pour mon Ami!... Tout me force à vous dire,
Que pour sauver son pere, il n'est qu'un seul moyen...
Et pour briser ses fers... qu'il faut rendre le mien.

JEANNE.

Ah, Seigneur! craignez....

DERBY.

Non... Si mon pere s'engage
A lui rendre le sien; il vous en reste un gage,
Qu'en vain près de sa Reine il voudrait rappeller;
Qui toujours l'intéresse & le fera trembler.

GUILFORD (*avec transport.*)

Je te dois trop, Ami, pour oser entreprendre
De t'en peindre l'excès!... Madame, allons apprendre
Au pere de Derby.... qu'il est libre.

JEANNE (*à Derby.*)

Ah, Seigneur!
Quel héros, mieux que vous, triompha de son cœur?
Et prouva mieux, qu'au sein de l'erreur la plus chere,
La grande ame jamais ne perd son caractere?

Fin du quatrieme Acte.

ACTE CINQUIEME.

SCENE I.

JEANNE, GUILFORD.

JEANNE (*en suivant Guilford.*)

Ah ! quel que soit l'objet de ce cruel silence ;
Est-ce à toi, cher Guilford, de craindre ma présence ?
Et si l'amour te force à ce soin généreux ;
Absent de ce qu'on aime, est-on moins malheureux ?

GUILFORD.

Oui, sans doute !... & sur-tout, lorsqu'on se croit coupa-(ble,
Et qu'on peut s'imputer le malheur qui l'accable...
Eh ! quel autre que moi vous a fait accepter
Un sceptre, qu'à mes yeux vous alliez rejetter ?
Quel autre, plus que moi, condamnant vos alarmes,
En rehaussa l'éclat ? vous en vanta les charmes ?
Combattit un refus, qui vous semblait fondé ?..
N'est-ce pas à l'amour que vous avez cédé ?...
Si Guilford, aujourd'hui, brûlant de vous défendre,
Contre vos ennemis osait plus entreprendre ?

Si ce trône (à mes yeux moins cher que votre cœur!)
Pouvait être pour moi le prix de la valeur?
Ou, du moins, si ma mort, au sein de la victoire,
Assurait de vos jours le repos & la gloire?...
Mais le péril d'un pere, en enchaînant mon bras,
M'ôte jusqu'à l'espoir du succès des combats;
Et Guilford, gémissant sous les maux qu'il endure,
Ne peut venger l'amour, sans blesser la nature!

JEANNE.

Contre de tels revers, la douleur ne peut rien
Qu'accroître ton malheur... en ajoutant au mien!

GUILFORD (*tombant aux pieds de Jeanne.*)

Ah! que tant de bonté m'humilie & me touche!...
L'Amour & la vertu parlent par votre bouche,
Amante généreuse!... & j'abjure, à vos pieds,
Des faiblesses, qu'en vain vous me pardonneriez,
Si pour en triompher, lorsque mon cœur s'y livre,
J'avais moins sous les yeux vos exemples à suivre?...

(*en se relevant.*)

Cependant, le jour tombe.... & Pembroc, dès ce soir,
Devait....

SCENE II.

JEANNE, GUILFORD, DERBY.

GUILFORD (*courant à Derby.*)

VIENS-TU, Derby, confirmer mon espoir?...
Northumberland, enfin?...

DERBY.

Mon pere vous l'envoie...
Il arrive... & je viens partager votre joie!...
L'escorte est sous ces murs.... il va paraître....

GUILFORD (*en l'embrassant.*)

Ami;
Je respire!... Pembroc n'est plus notre ennemi!...

SCENE III.

JEANNE, GUILFORD, DERBY, NORTHUMBERLAND.

GUILFORD.

MON pere!... quel bonheur!...

JEANNE (*à Northumberland.*)

Seigneur ! de quelles craintes,
Vous eussiez vu pour vous nos deux ames atteintes ?...
Mais quoi !... vous frémissez ?...

NORTHUMBERLAND.

Sensible à votre effroi,
Plût au Ciel que je n'eusse à trembler que pour moi !

DERBY.

Qu'entends-je ?... quoi, Seigneur !

NORTHUMBERLAND.

L'escorte qui m'amene,
Cher Derby.... vous attend dans la salle prochaine.

DERBY.

Moi ?...

JEANNE.

Dieu !

NORTHUMBERLAND.

Marie, après avoir brisé mes fers :
« Va apprendre, dit-elle, à celle que tu sers,
« Que sa Reine, au moment de punir son audace,
« En faveur de Derby, veut bien lui faire grace :
« Pourvu que, de la Tour où l'on va te mener,
« La même escorte ici puisse le ramener ?

DERBY (*à part.*)

Ah, Pembroc !...

JEANNE (*après un moment de silence.*)

Et c'est moi !... moi que de la cruelle
Excepte seule, ici, la sentence mortelle ?...

Et je pourrais trahir, pour m'avoir trop servi;

(*à Guilford.*)

Ton pere, mes Amis, & toi Guilford aussi?
A ses barbares loix, si mon malheur me livre;
Je les verrais périr.... & j'y pourrais survivre?...

(*avec chaleur.*)

Non, cher Northumberland! non, Guilford! non, jamais,
Tant qu'il lui restera de fideles Sujets,
Celle que votre choix jugea digne du trône,
(Qui croit vos jours plus chers encor que sa couronne!)
Ne descendra jamais de ce rang glorieux,
Que pour les garantir & pour vous voir heureux...
Que dis-je?... Dans ces murs, si je ne suis trahie,
Eh! sur quel fondement l'orgueilleuse Marie
Ose-t-elle aujourd'hui me prescrire des loix?
Est-ce en les menaçant, qu'on détrône les Rois?...
Amis, tout Souverain (s'il est digne de l'être?)
Même au sein du malheur, n'a que le Ciel pour maître.
Convainquons-en Marie... Et sans plus nous flatter
De secours éloignés, qu'on peut intercepter;
Avant que dans ces murs notre ardeur épuisée,
N'offre à nos ennemis qu'une conquête aisée,
(Opprobre qu'un grand cœur ne doit jamais risquer!)
Nous-même, à notre tour, osons les attaquer?
Osons, avec la nuit, favorable à nos armes,
Répandre dans leur camp le trouble & les alarmes;
Et prompts à profiter de ce premier succès,
Ou surprendre Marie, au fond de son Palais;

Ou, si le sort jaloux nous ravit la victoire?
Du moins la mériter.... & tomber avec gloire.

GUILFORD (*avec ravissement.*)

Ah, Madame! quel Dieu vous inspire?...

JEANNE.

L'honneur,
Le devoir.... vos périls!

DERBY (*vivement.*)

Leur voix parle à mon cœur....
(*à la cantonnade.*)
Soldats?... Allez apprendre à votre Souveraine,
Que Derby dans ces murs ne connaît qu'une Reine;
(*à Jeanne.*)
Et qu'il y reste.... allez.... Madame; & vous, Amis,
De si braves conseils doivent être suivis....
(*à Guilford.*)
J'exige, toutefois, que la Reine & ton pere,
(Au cas que le succès à nos vœux fût contraire,
Et que Guilford, de moi se trouvât séparé,)
Nous gardent dans ces murs un asyle assuré?

GUILFORD.

Magnanime Derby!...

NORTHUMBERLAND (*à Derby.*)

Quel dessein est le vôtre?...

JEANNE (*à Derby.*)

Seigneur, nous vous suivrons?...

DERBY.

Non, restez l'une & l'autre;

Nulle crainte (à ce prix) n'affligera mon cœur.

(On entend un grand bruit.)

Mais, quels cris, en ces lieux, annoncent la terreur?..

Amis, sachons d'où naît cette alarme soudaine?...

Viens, Guilford?.. Vous, Seigneur, ne quittez point la Rei-

Je la laisse à vos soins, & reviens dans l'instant. (ne...

SCENE IV.

JEANNE, NORTHUMBERLAND.

JEANNE.

Que mon sexe est à plaindre!.. & Derby croit pourtant,

Quand je veux partager le péril qui nous presse,

En me donnant des loix, me prouver sa tendresse?...

(le bruit augmente.)

Seigneur! le bruit redouble.... Entendez-vous ces cris?..

Ah! c'est Pembroc, sans doute? & nous sommes trahis!..

NORTHUMBERLAND.

(à part.) *(haut.)*

Que ne puis-je en douter?... Madame, le courage,

Quoi qu'en pense Derby, ne dépend point de l'âge:

Je puis du moins encore, en secondant ses coups,

Et combattre & mourir, pour mon fils & pour vous;

Et j'y vole.

JEANNE.

Arrêtez?... Je vous suis...

SCENE V.

JAENNE (*seule.*)

Il me quitte !...
Il n'entend plus ma voix... & mon ame interdite,
Qui, malgré moi, redoute un vainqueur irrité,
Rappelle, vainement, toute sa fermeté...
(*après un instant d'accablement.*)
Trop sublimes vertus ! héroïsme suprême,
Qui croit élever l'homme au-dessus de lui-même,
En maîtrisant son cœur séduit par tes appas !
Tu masques sa faiblesse, & n'en triomphes pas.
Ta voix s'épuise en vain : sur l'ame la plus forte,
Plus puissante que toi, l'humanité l'emporte...
Mais le bruit cesse.... hélas ! que puis-je en augurer ?
Que n'ai-je point à craindre ? & que puis-je espérer ?...
Guilford !... Guilford ! sans toi, je serais moins timide...
(*en voyant Northumberland.*)
Eh bien, Seigneur ?... Pembroc ?...

SCENE VI.

JEANNE, NORTHUMBERLAND.

NORTHUMBERLAND (*avec chaleur.*)

MADAME, le perfide,
Que secondait la nuit propice à ses complots,
Sur nos remparts déjà croyait voir ses drapeaux;
Lorsque les cris perçants d'une garde surprise,
Nous ont de ce barbare annoncé l'entreprise.
Cependant nos Guerriers, en désordre accourus,
Peut-être sans succès nous eussent secourus,
(Tant le nombre à Pembroc assurait l'avantage!)
Mais, que ne peut-on pas attendre du courage?...
Au moment où, malgré les exploits inouis,
Qui signalaient Guilford & Derby réunis,
La troupe de Pembroc, à ses fureurs livrée,
De cette forteresse allait s'ouvrir l'entrée...
Derby, qui s'écartait, (que je croyais blessé!)
Sur le haut du rempart, que Pembroc croit forcé,
Tout-à-coup reparaît; & s'offrant à sa vue,
Sans bouclier, sans casque, & la poitrine nue:
« Barbare! (lui dit-il, d'une tonnante voix)
« Si pour couronner tes exploits,

« Ton fils doit de ces murs te céder la conquête?
« N'espere l'obtenir qu'aux dépens de ma tête...
« Abandonne, à l'instant, tes odieux projets,
« Ou je reste en butte à tes traits.

JEANNE.

Ah, Ciel!...

NORTHUMBERLAND.

A ce spectacle, aussi touchant qu'étrange,
La fureur en pitié dans tous les cœurs se change:
Le coup, prêt à partir, demeure suspendu:
Tout frémit & se tait: Pembroc est confondu;
Et trahissant l'espoir de son ame inhumaine,
Sa troupe, avec horreur, prend la fuite & l'entraîne.

JEANNE.

Quel prodige!... ô Derby! que ne te dois-je pas?...
(*vivement.*)
Courons, Seigneur! volons au-devant de ses pas?...
Si le plus tendre amour n'est pas sa récompense;
Qu'il jouisse, du moins, de ma reconnaissance!

NORTHUMBERLAND (*en l'arrêtant.*)

Ce Héros me suivait, Madame, avec mon fils...
Mais tous deux, à l'instant, viennent d'être avertis,
Qu'au rempart opposé de cette citadelle,
La nuit semble cacher quelque attaque nouvelle.

JEANNE (*avec terreur.*)

Quelque attaque nouvelle? Ah, Ciel! veille sur eux...
Sans doute, on nous trahit?

NORTHUMBERLAND.

Madame, espérons mieux.
Abandonné des siens, confus de sa disgrace,
Craignez moins de Pembroc l'impuissante menace:
L'Amour & l'Amitié, qui combattent pour vous,
Veillent sur ses complots, & bravent son courroux.
Dans ces lieux, cependant, si vous daignez m'attendre,
Vous apprendrez bientôt.... Mais je crois les entendre?...
Et leur présence va dissiper vos terreurs....
Mais que vois-je?... Grand Dieu!... c'est Pembroc?...

JEANNE (*en tombant dans un fauteuil.*)

Je me meurs!...

SCENE VII.

JEANNE, NORTHUMBERLAND, PEMBROC, *l'épée à la main, & suivi d'une troupe de Soldats.*

PEMBROC (*à sa suite.*)

(*en montrant Northumberland.*)

Qu'on retienne Derby?... Qu'on enchaîne ce traître?..
Que ces lieux soient gardés?.. Allez?.. & vous, Dorcêtre,
(*il lui parle bas.*) (*haut.*) (*à Jeanne.*)
Ecoutez?... Qu'à l'instant tout soit prêt?.. Je conçoi

Combien votre surprise égale votre effroi ?...
Mais la guerre autorise & la ruse & l'adresse.
Des amis me restaient dans cette forteresse :
Ils m'ont servi, Madame.... & si vous m'eussiez cru,
Vous régneriez encore, & Guilford eût vaincu.

JEANNE (*revenant à elle-même.*)

Ah, Dieu !...

PEMBROC.

Malgré les maux que ce jour vous prépare,
Pembroc du moins pour vous ne sera point barbare,
Madame.... Il vous plaint même !.. & de vous, désormais,
Pourraient dépendre encor son bonheur & la paix ?

JEANNE.

Arrête ?... Toi, vainqueur, il faut que je périsse,
Je le sais.... mais, du moins, abrége mon supplice ?...
Guilford, est-il vivant ?...

PEMBROC (*en hésitant.*)

Madame.... son trépas....
Ne peut être imputé.... qu'au destin des combats....

JEANNE (*après un moment d'accablement.*)

Le mien est décidé.

PEMBROC.

Sans doute, il pourrait l'être,
Si dans Londre Pembroc avait à craindre un maître ?...
Mais si vous-même enfin, sachant ce que je suis,
Avez trop éprouvé ce qu'en effet je puis ;
Pembroc pourrait encor, (si vous daignez l'en croire)
Garantir, à la fois, vos jours & votre gloire.

JEANNE (*avec dignité.*)

Quand je perds, en un jour, & le trône (& Guilford!)
Oserais-tu te croire arbitre de mon sort?

PEMBROC (*vivement.*)

Oui, lorsqu'en perdant l'un, vous pouvez sauver l'autre...
Oui, quand de mon bonheur pourrait naître le vôtre...
Quand un Prince, un Héros; (qui ne vit que pour vous!)
Qui, pour vous mériter dédaigna mon courroux;
Pour qui tout vous engage à la reconnaissance,
N'attendra que de vous le prix de sa constance;
Et sans vous en presser, ardent à vous servir,
Sur un trône ébranlé saura vous affermir...
Qui peut....

JEANNE (*sans le regarder.*)

Guilford n'est plus!... Guilford.... n'est plus!...

PEMBROC.

Sa perte;
Quand, par moi, la Couronne à vos vœux est offerte,
Devrait, peut-être?...

JEANNE.

Ah, Ciel!... & son bourreau;
Et l'indigne ennemi qui creusa son tombeau,
Du sang de ce Héros la main encor fumante,
Ose à de nouveaux nœuds inviter son Amante?

PEMBROC.

Croyez, Madame...

JEANNE.

Épargne à mon cœur déchiré,

Le détestable espoir où le tien s'est livré?...
Ton fils aimait Guilford; ton fils est magnanime,
Perfide!... il rougirait de partager ton crime.

PEMBROC.

Si cet unique espoir tient encor suspendu
L'Arrêt, que contre vous la victoire a rendu?...
Frémissez!... & craignez, que par votre réponse,
Votre bouche elle-même enfin ne le prononce?...
Crains de braver Pembroc, en cet instant fatal!

JEANNE.

Pere, indigne d'un fils, (que tu connais si mal!)
Quand je touche au moment (que tout mortel redoute!)
Si sur ce que je pense il te restait un doute?
Apprends, que sans Guilford, Derby, digne de moi,
Aurait pû m'obtenir... s'il n'était né de toi.

PEMBROC.

Eh bien, puisque mon nom, mon pouvoir, ni mon âge,
N'ont pu me garantir de ce comble d'outrage?
Puisque loin d'appaiser un vainqueur irrité,
Ce qu'il craint pour tes jours ajoute à ta fierté?
Tu vas revoir Pembroc, plus semblable à lui-même...
(*en haussant la voix.*)
Reçois mon fils, Cruelle! avec le diadême?...
Ou si ta haine craint de l'élever si haut?...
(*le fond du théâtre s'ouvre.*)
Tu vois d'ici le trône,... & voilà l'échaffaud....
Choisis?...

JEANNE (*après avoir fixé le fond du théâtre*)

Ce choix, sans doute, à qui tient à la vie,
A qui connaît Pembroc, & redoute Marie,
(Sur-tout prêt à se voir victime de tous deux!)
Pourrait, (je le conçois) n'avoir rien de douteux...;
Mais, moi!... t'es-tu flatté d'ébranler ma constance?
Entre la mort & toi, crois-tu que je balance?...

(*avec attendrissement.*)

Et toi, que j'adorais!... toi, qui du haut des cieux;
Sans doute, en cet instant, fixes sur moi les yeux,
Digne Amant! (par qui seul je pouvais être heureuse!...)
Toi, qui peux m'imputer ta destinée affreuse,
Trop malheureux Guilford! puisque je t'ai perdu,
Mon cœur, en expirant, te rend ce qui t'est dû...
Je vole sur tes pas.

PEMBROC (*courant à elle.*)

Ame inflexible!... Arrête?...
Vois ton sort?... Vois le fer qui menace ta tête?...
Songe qu'il n'est qu'un pas entre la mort & toi!...

JEANNE.

Qui vécut sans remords, la fixe sans effroi.
Toi, si tu l'oses, viens?... digne objet de ta haine,
Tu m'auras vu, cruel! vivre & mourir en Reine....
Adieu.

SCENE VIII.

SCENE VIII.

PEMBROC (*seul.*)

Ciel ! de l'Amour quel est donc le pouvoir ?
Sa fermeté m'étonne & confond mon espoir....
Mais mon fils ? mais mon fils, en perdant ce qu'il aime,
Quels seront ses transports !... Soldats, à l'instant même,
Que mon fils enlevé de ces funestes lieux,
Au fond de mon Palais soit gardé sous vos yeux ?...
Qu'on observe sur-tout le plus profond silence,
Sur le sort de sa Reine ?... Ou craignez ma vengeance !...
Mais qu'entends-je ?... Qui vient à pas précipités ?...
Dieu ! Serait-ce Derby ?...

SCENE IX.

PEMBROC, DERBY.

DERBY (*dans l'intérieur.*)

Barbares, arrêtez ?..

PEMBROC (*entr'ouvrant la porte.*)

C'est lui-même !...

DERBY.

Arrêtez ?...

PEMBROC (*aux Gardes.*)

Qu'en ces lieux on l'entraîne?
Mais respectez ses jours, ou redoutez ma haine!
(*On désarme Derby, qu'on amene sur le théatre, & qui tombe dans un fauteuil.*)

SCENE X & derniere.

PEMBROC, DERBY, SOLDATS, GARDES.

PEMBROC (*aux Gardes & aux Soldats.*)

LAISSEZ-NOUS?

DERBY.

(*sortant de son accablement.*) (*en voyant son pere.*)
Quelle horreur!...... Ah, barbare!... Et c'est toi
Qui me la réservais?... Fuis? ou crains tout de moi!...
Crains que dans un tyran, perfide & sanguinaire,
L'infortuné Derby ne méconnaisse un pere?

PEMBROC.

O mon fils!...

DERBY.

Moi! ton fils?... Après ta trahison;
Pembroc, tu n'en as plus... j'en abjure le nom....
(*après un moment de silence.*)
Mes yeux ont vu tomber (quel spectacle effroyable!)

Sous la main d'un bourreau, cette tête adorable,
(Objet de tous mes vœux !...) Et la foudre, en éclats,
N'a point frappé la tienne, & vengé son trépas ?...
Fuis, tigre !... fuis ?... ou crains....

(il s'avance vers son pere, recule en frémissant, & retombe dans un fauteuil, en se couvrant le visage de ses mains.)

PEMBROC *(aux pieds de son fils.)*

Pardonne à la faiblesse
D'un pere suppliant !... dont l'aveugle tendresse
Ne t'offre maintenant qu'un objet odieux....
Et qui, sans toi, peut-être... eût été vertueux !

DERBY *(en se relevant avec fureur.)*

Sans moi ?...

PEMBROC.

Oui... c'est pour toi, qu'infidéle à moi-même;
Que, de tout temps, épris de la grandeur suprême,
Et sacrifiant tout, pour y porter mon fils,
Tu me vois si coupable !...

Derby, profitant du moment où son pere est incliné, s'empare de son poignard, retient Pembroc d'un bras, & le fixant d'un air sinistre, qui laisse le Spectateur en doute sur son intention, se frappe de l'autre, en disant :

Eh bien... je t'en punis.

FIN.

www.ingramcontent.com/pod-product-compliance
Ingram Content Group UK Ltd.
Pitfield, Milton Keynes, MK11 3LW, UK
UKHW020401230726
13925UKWH00003B/1218

9 782014 432787